FLORET
READING

小花阅读

我们只写有爱的故事

青春阅读　幸得相见

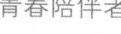

有爱的青春陪伴者

喜欢你，那么甜

三师公和二缺 / 著

贵州出版集团
贵州人民出版社

三师公和二缺

San Shi Gong He Er Que

小花阅读签约作者

梦想能拥有一个属于自己的小院子,养花赏月。
喜欢生活化的烟火气,
也悸动于惊涛骇浪的家国情。
喜欢自己笔下的每一个角色,
美好结局的绝对簇拥者。
新浪微博:@啊缺五元

目录 CONTENTS

Chapter 01	春日莫吉托	001
Chapter 02	柠檬苏打水	029
Chapter 03	咖啡百利甜	058
Chapter 04	奶油南瓜汤	084
Chapter 05	薄荷北冰洋	113
Chapter 06	红豆双皮奶	136
Chapter 07	水果绵绵冰	160
Chapter 08	冰糖桂花酿	185
Chapter 09	费南雪红茶	209
Chapter 10	棉花糖热巧	237
Chapter 11	乌冬寿喜锅	266
后 记	下个故事见	283

chapter 01 春日／莫吉托

"您尾号 5037 的账户于 2018 年 X 月 8 日 10：25 完成交易人民币 -15.00，活期余额 89.66 元。"

吕年年被手机短信震醒，不知道又是哪里开通了自动扣费。她哀号一声打了个滚把自己埋进枕头里。从窗帘缝透进来的阳光持续照在一动不动的脑袋上，有些发烫。

满室寂静。

最终，在濒临窒息的边缘她翻身露出脸，走投无路地拿起手机，

喜欢你，那么甜

腆着老脸在微博发救命帖。

【来自"年年有鱼炖肉肉"——金主爸爸们，救救你们的肉肉吧！给钱就画，约稿私信！（已经从良了，只接穿衣服的稿子[允悲]）】

坐拥八十万粉丝的"绘圈大触"吕年年画的可是"有料"的，学画数十载修炼了扎实的基本功，不负众望地走上画"你懂我懂大家懂"的道路。

本来她也是不愁吃穿，结果前段时间网络严打，又有不少人举报，导致她的本子一本都不敢出，要约的稿也都被"鸽"了，还被带去喝茶。但好在她之前出售的内容都是有底线的，又有律师朋友帮忙，所以只是被罚了一笔巨款而已。

经此劫难，吕年年郁闷了好几个月，每天在家吃外卖、看视频、打游戏和买买买，当一名合格的快乐"肥宅"。直到……真的要没钱了！

发了微博之后，评论和转发立即破百，私信也开始响个不停。但来约稿的大多是学生党，都是小打小闹，估计也就挣个饭钱。

在吕年年25年的人生里她一直都过得还算幸运。一路顺风顺水的学画画考美院，在本科的时候就已经在网上小有名气，所以毕业后也没急着去找工作，不顾家人反对就宅在租的房子里当自由插画师,虽然几年下来存款没有,可生活依旧小资惬意。

所以当她遭罚款的时候,她不敢跟家里说;现在要没钱吃饭了,更不敢跟家里说。

有时候吕年年会想,她是否可以十年、二十年一直这样画下去,要是某一天约不到稿了,画风过时了,她该怎么办?

但此刻更严峻的问题是——美团还是饿了么,谁更实惠?万幸在吕年年刷着外卖软件的时候她亲闺密何玥来了个电话。

"吃了没?"

"正准备点外卖你就打过来了。"

"是不是活不下去了?"何玥贼兮兮地问。

"废话!我跟你讲,我余额就剩两位数,吃两顿就没了!"

"那看来还是我们医院食堂实惠。"

"实惠你也赶不上趟,又刚从手术室下来?"

"是啊,待会儿买杯粥喝就好了。"

"有的时候也是很羡慕你们这种需要减肥的人,真是太省钱了。我这种吃了也不胖的仿佛钱都打水漂了。"吕年年实力欠打感慨。

"滚!你还想不想要兼职了,本仙女可是来给你送温暖的!"何玥在电话那边被这丫头气得牙痒痒。

"什么兼职?"吕年年心中一惊,"不会是护工吧?我不干我不干我不干,我四体不勤、五谷不分。"

"你把自己护好我就谢天谢地了。是画画的兼职啦!我们副主任要出书,需要找个会医学插画的来合作,你当年不是老蹭我解剖课吗?还没忘光吧。"

"没没没!哈哈哈哈哈,玥玥你真是我的小仙女,我下午就带东西到你们院去,爱你么么哒!"

准确来说,何玥才不是吕年年的小仙女,她应该是吕年年的"老妈"才对——虽然这话让何玥听见了可能会拿着手术刀过来和吕年年拼命,但她从小到大真的为吕年年操碎了心。

两人是在幼儿园就开始的革命情谊,源自吕年年毫不客气地咬了那个总欺负何玥的小男孩一口,然后她们就手拉手一起上小学、初中、高中,连大学都在同一个城市。何玥是那种"传说中的别人家孩子",尊老爱幼、品学兼优,几乎囊括了所有大大小小考试的第一,而吕年年则是她人生路上唯一的黑点。

诸如帮吕年年去老师办公室偷她空着就敢交上去的作业本啦;为了向吕年年爸妈证明这次数学考试真的难,硬生生把自己140分的卷子写成94分;利用学校纪检委员的职权帮她挡桃花运得罪了一批社会小青年……啧,罄竹难书。

吕年年一把将窗帘拉开，惊喜地发现窗台上的小苍兰和铁线莲都开花了。一开窗，淡淡的甜香就吹进了室内。

四月的阳光也洒了进来，"猫主子"旺仔大摇大摆挪了几步，蜷在地板上晒太阳。

凛冬已过，春暖花开。吕年年被眼前的景象触动了，终于打起这几个月来怠泄的精神，先把房子给洗刷干净，再给自己泡个舒服的泡泡浴，准备新的开始。

女人大概永远都是打开衣柜就觉得没衣服可穿的类型。吕年年看着这些穿腻的衣服和桌子上用腻的化妆品叹了口气，更加坚定了要将这一单拿下的决心。

S城瑞济医院的前台是一个万金油岗位，往往会被各大科室"抓壮丁"，被迫深深"打入"各科室内部。所以她们这儿是院里的八卦集散点，虽然料不一定有科室里的护士姐妹团说得详细，但她们一定是网撒得最广的。

这天下午，春日午后的阳光斜斜地照进来，气氛温柔得让人昏昏欲睡。

前台小姑娘Lily正百无聊赖地刷着小红书，丝毫没注意有人向她径直走来。

"请问……贺医生办公室在哪儿？还是说我要先预约？"

喜欢你，那么甜

Lily 抬头看去，是一个二十四五岁的姑娘，穿着烟粉色的波点背带阔腿裤，长而浓密的黑色小卷发随着她略微弯腰的动作铺陈开来，背着一只经典的棕色托特包。

正是今年最流行的法式复古风。

小姑娘呆看了几秒才反应过来，问："啊……是吕小姐吗？"

"对。"

"贺医生他在开会，他说让你直接去他办公室等他。在六楼电梯左手边哦。"

"好的，谢谢。"吕年年友好地朝前台小姑娘笑了笑，有模有样地进了电梯，然后蹑手蹑脚地溜进了贺医生的办公室。

果然主任就是不一样啊，比何玥那小破办公室阔气不止一点点。

再一打量整体的装潢和布置，品位也比那丫头高不止一点点。

坐在办公室的会客沙发上，吕年年只能百无聊赖地玩手机。虽然是玩手机，但也是正襟危坐，像这种主任级别的中年大叔，有些品位又有些地位，一般最忌讳没修养这回事。为了成功拿下单子，她真的是洗头化妆加日抛诚意百分之百了。

直到她听到身后开门声响起，夹带着福尔马林味道的风吹了进来。

吕年年转过身去，一个把白大褂穿得像高定风衣的年轻男人倚在门边。常年待在室内的象牙色的皮肤衬托出黑发如漆、眉眼深邃。

对方笑了笑，朝吕年年伸出手说："吕小姐你好，我是贺轻昀。"

那一瞬间，吕年年没来由地想起了德彪西的乐曲、雷诺阿的画，以及所有仿佛在明丽透亮的阳光和空气中颤动的独属于19世纪的优雅。

合作像是早就内定过的一样，贺轻昀只随便翻了翻她的过往医学插画作品，接着便直接从办公室打印机里打印了一份合同出来。

"吕小姐需要带回去给私人律师看一看吗？"他将合同推到吕年年面前。

"不了不了，我没有私人律师，我确定一下版权和稿酬就好。"吕年年无端有些紧张，手心也有些微微湿润起来。

"没什么问题……但是，贺医生，你确定就是我来画了吗？我挺多年没画医学插画了，你要不要再考虑考虑？"

"吕小姐谦虚了。"贺轻昀深深地看了吕年年一眼，带着一丝莫名的笑意，"中午我已经在网络看过你近年的部分作品。"

他顿了顿，意味深长道："人体画得很不错。"

吕年年脑子里炸出自己那些美少年的动作图，脸顿时就红了。

喜欢你，那么甜

手抖，冒汗。

热气从自己衣领子里钻出来，无处躲避。

吕年年随手摸了一支笔在合同上写好名字，然后同贺轻昀交换，全程都没敢看他。

最后两人站起身来，贺轻昀对她伸出手，说："合作愉快。"

吕年年只得伸出手和他轻轻一握，气若游丝的带了一句"合作愉快"。

随后落荒而逃。

但与那骨节修长的手指相碰触而留下的温度，好长时间过去依然还是消退不去。

"啊啊啊啊啊啊！"回到家的吕年年抱起她的橘猫旺仔就是一顿狂揉，接着掏出手机向何玥兴师问罪。

【你们主任是撩神吗！不是个老头子就算了，竟然还这么会逼人上车！还是车门都焊死了下不来的那种！】

【你说贺主任？怎么可能，他一直是我们院最难撩的高岭之花好吗！人称瑞济江直树是开玩笑的吗？！】

吕年年都快被何玥气笑，散发荷尔蒙跟不要钱似的还叫高岭之花？刚想跟何玥继续battle（争论），手机微博突然跳出一条最新消息。

【来自"加餐饭社":上周末录好的视频,中国的春卷配上一杯樱花色的莫吉托,是春天最好的味道。】

【我不跟你说了,我男神更视频了!】

【……】

何玥和吕年年两个多年"母胎单身"的好姐妹,单身的原因各不相同。一个因为太忙;一个因为永远痴迷"二次元",好不容易喜欢上个真实人类还是个连什么信息都搜不出的不露脸也不露声的美食博主。

何玥摇头晃脑间又来到食堂,正好碰上心外科的张恒,恍然记起他和贺轻昀是一个导师带出来的师兄弟,想起刚刚吕年年义愤填膺的话,多了几分好奇,就凑了过去。

"老张,你了解我们贺主任吗?"

这话问得鬼鬼祟祟的,张恒眼都没抬,挑着只有青椒没有肉的青椒炒肉,问:"怎么,想送礼评职称了?"

"不是!"何玥叹口气,"就是吧,今天听我一个朋友说了一下贺主任,感觉和我们平常印象里的很不一样啊。"

"你那朋友男的女的?"

"女生啊,我跟你说……"何玥刚要坐下好好说,远远就传来

喜欢你，那么甜

护士小梅的声音——

"何医生快来啊！28床不好了！"

何玥的筷子都没来得及好好放下，哐啷一声掉在桌上。只见白色身影迅速闪过一股白色的妖风给卷走了，留给张恒一个莫名其妙的"瓜"。

张恒琢磨了片刻，突然间福至心灵，带着他的热豆浆转去了一楼前台。

"听说今天有个女的来找贺轻昀？"张恒一把抓住今天值班的Lily问道。

"是啊，你怎么知道？"

"这不重要！"张恒吸了口豆浆，"她长得怎么样？"

"我觉得挺好看的，有院花这个级别了吧……"Lily回答着，看到桌子上支着的小镜子，顾影自怜地幽幽叹了口气。

"难怪……"张恒眯了眯眼睛，露出一抹了然的微笑。

"难怪什么？"Lily天生的八卦神经瞬间惊醒，"难道那个女生是来追贺医生的？可是贺医生不是一向最讨厌别人对他死缠烂打吗？"

这个说法当然是有例可循，毕竟贺轻昀这条件，到哪儿会没有女生惦记。当年贺轻昀刚到医院时,整个医院的女生春心都荡漾了,无数人前赴后继地送秋波。

可但凡被他察觉,如果是患者和患者家属,就被四两拨千斤般的安排转院或者换主治。要是护士之类的就更可怜了,已经表白的就直接按工作不认真通报处分,有贼心的也直接换科室。

从此以后,贺轻昀"高岭之花"的名声就传开了。再后来,工作相处的时间久了,医院的女性工作者们也都放下了执念,只等着看究竟何方妖物才能让他动凡心。

张恒的大脑飞速转着,心想:如果贺轻昀真的对这姑娘那么不一般,那可就危险了啊……

因为从张恒这里看,贺轻昀的性格还有另外一个版本。

他和贺轻昀在医学院的时候是同一个博导的学生,尽管入学比贺轻昀早了好几年,但凭着"我变秃了,也变强了"的信念,终于和师弟一起喜提毕业。

贺轻昀在他们这些同窗面前虽然一直彬彬有礼,但也从不会像普通男生一样和他们称兄道弟、插科打诨。

毕业那次是贺轻昀第一次答应来参加他们的聚会。

当晚,他们十来个同学中有不少带着家眷过来,连博导也把自

喜欢你，那么甜

己正在高中叛逆期的小孙女带来了。贺轻昀作为导师的得意门生，自然坐在他左手边，那小姑娘也就坐在了贺轻昀旁边。

一晚上宴席下来，贺轻昀极其绅士地帮小姑娘拉椅子、转菜盘，听每一个人讲话，自己只盈盈笑着。

叛逆期小姑娘哪抵挡得了这个，原本炸毛的"尾巴"早被安抚了下去，娇羞不知所措。包括那些跟来的女家属，贺轻昀的贴心简直完胜她们各自的对象，一个个顿时被迷得晕头转向。当然，钢铁直男们还在唠嗑拼酒，丝毫不知道自己媳妇的心都快飘走了。

"单身狗"张恒默默观察着这一切。他第一次知道贺轻昀竟然有这么温和好说话的一面，毕竟在院里对着"麻醉科一枝花"时他也依然是不苟言笑、冷静自持。

难不成是喝醉了？

后来张恒悄悄地去问贺轻昀，贺轻昀笑了笑，只回了他一句话："对女性尊重是理所当然的，但也要公私分明。"

想想也是这么个道理，他们这行不比别的，工作时必须全心全意，如果掺杂了过分复杂的感情，搞不好哪天就出了错。而至于与患者相关的人也是一个道理，每个做外科工作的都知道不能和患者建立太亲密的情感关系。

只是说着容易，但又有多少从业者能真正做到？除非决定好了要孤家寡人过一辈子,毕竟交际圈也就那么大。

当然,除了"只要想谈恋爱就会有女生排着队等"的贺轻昀。

张恒回忆了一把往事,勾起自己三十四岁还是单身狗的心酸。

接收到来自Lily的"卡姿兰大眼睛"射线,张恒捋了捋稀疏的头发,说:"被追是不可能被追的,贺轻昀一辈子都不会喜欢被追的。但是追人嘛,就另当别论了。"

"什么?"张恒此话一出,Lily比之前更吃惊了,她反问道:"贺医生还会追人?"

"呵。"张恒冷笑一声,将喝完最后一口的豆浆杯往垃圾桶一投,意味深长道,"你们贺主任,段位高着呢。"

张恒吃完瓜心满意足地上楼值夜班去了,丝毫不知Lily后脚就在院微信群里把他给卖了。

【Lily:据老张观察,我们"院树"怕是有情况了……】

第二天下午,吕年年接到来自贺轻昀的电话,让她晚上七点左右到医院来拍摄取材。

想到昨天自己竟然这么尬,吕年年就不甘心到捶床,绝美爱情画过这么多,不就是尬撩嘛,谁怕谁。

于是吕年年一改昨天优雅温柔的淑女风格,换上一条修身的黑

喜欢你，那么甜

色丝绒连衣裙，涂了"本宫不死尔等都是妃"的大红唇，最后浓密的长卷发一放，那又攻又欲的气质仿佛《赌神》里口衔扑克的海棠。

鉴于这周都是 Lily 值班，当看到吕年年走进来的一瞬间，她惊得嘴里的地瓜干都掉了下来。

这气势……真的不是来踢馆的？

吕年年照例过去询问 Lily："今天贺医生有给你留言吗？"

"没有特意说过，应该还是直接去他办公室吧。"Lily 愣道，但心中无不复杂地感慨：天哪，连香水味都从昨天的祖马龙变成了芦丹氏格调的。这大概才是精致的女人吧，不像我，喷啥香水最后都会变成消毒水的味儿。

吕年年点头致谢后就转身往电梯方向走去了。只是怎么感觉目光比昨天多了许多——吕年年敏锐地捕捉到无数躲躲藏藏的视线，而且都是医护人员的。

不会是今天太霸气了，他们以为我是医闹吧……

吕年年突然心虚，干咳了一声，弱弱地拨了拨头发，收敛一下存在感。

结果今天大张旗鼓的吕年年在贺轻昀办公室被"鸽"了三个小时，等贺轻昀姗姗来迟的时候已经晚上十点。

还好今天涂的是越晚越美丽的奶油肌粉底液。

"久等了吕小姐,突然来了一台主动脉夹层撕裂的急诊,没来得及通知你。"

因为何玥的缘故,吕年年知道医生有多辛苦了。工作连轴转下来,贺轻昀的眉间也略带疲态。

哇,这种又斯文又颓废的感觉,真想让人糟蹋一下……

所以她一时之间也没注意到自己的立场,反客为主地给贺轻昀倒了一杯热水:"贺医生客气了,叫我年年就好。"

贺轻昀接过热水,温度立时透着薄薄的纸杯壁传了过来,舒缓着捏了几个小时手术器械的指尖的微麻。

于是,他真心实意地扬唇笑了,说:"好啊,年年。"

蒸腾的水汽隔在两人之间,男人的声音从缭绕的那边穿来,低沉的,还带着笑,直击耳膜。

吕年年这等声控立刻就腿软了,差点败下阵来。

她强装镇定地回道:"那我们今天的工作任务是什么?"

"跟我来。"贺轻昀放下水杯,带她出了门。

晚上十点的医院,人已经很少,贺轻昀带着吕年年进了电梯,一直降到负一层。电梯门一开,一股腐烂又生冷的气味便扑面而来。

一点人声都没有。

喜欢你，那么甜

吕年年咽了咽口水，跟着贺轻昀走了出去。积了大量灰尘的白炽灯照得整条走廊阴森森的，暗处的厕所还时不时传来滴滴答答的水声。

终于，吕年年看到了走廊尽头的房间，绿莹莹闪现着"停尸间"三个字。

她好像知道贺轻昀要带她来这儿干什么了。

也许是因为里面有很多冰柜的缘故，在贺轻昀推开门的那一瞬间，一阵寒气迎面扑来，吕年年生理性地打了个抖。

"是一位生前和我们签署了协议的大体老师。"

由于保证遗体新鲜程度的时间有限，所以不得不连夜完成解剖操作。原本贺轻昀想给吕年年解释一番，毕竟能够在大晚上坦然面对这种场景的女生少之又少。

但当他转过身的时候，却发现吕年年正沉默地用纸巾将自己浓烈的口红擦去，然后深深朝解剖床上盖着白布的大体老师鞠了一躬。

贺轻昀愣了愣，从他学医迄今为止已经十二年，这样的女生真是第一次见到。不怕尸体的人很多，但在第一时间懂得尊重尸体的人却少之又少。

突然，走廊里传来一阵急促又凌乱的跑步声，吕年年和贺轻昀一起转过身看去。

是两个背着书包气喘吁吁的男生,其中一个扶着门框问:"贺老师,我们迟到了吗?"

"进来吧。"贺轻昀淡淡点头,"就你们两个?"

"呃……"初出茅庐的年轻学生瞬间死机。

还好另一个同学比较靠谱,推了推眼镜解释道:"李微临时要开党会,天辰食物中毒挂水去了。"

"哦,每人扣分二十,你们记一下吧。"贺轻昀也不气,一句话就让孩子们冷汗直流。

两个男生赶紧把书包放好,换上手术服过去做准备工作。

"害怕吗?"贺轻昀突然问道,声音比说扣分时起码柔和了一百八十度。

小男生立马回答:"不害怕不害怕,瑞济比咱们学院解剖楼好多了,灯可亮了!贺老师不如我们以后都来这边上解剖课吧!"

贺轻昀轻飘飘地瞥了一眼这个憨直的孩子,眼神中叹息了下。然后,他转过头将自己的白大褂脱下递给吕年年:"害怕就穿上吧。"

吕年年的确从何玥那里听说过这样的说法,在医院白大褂就像是巫师的魔法袍,只要穿上它,就会变得无所畏惧。

但她还是有些拘谨,尤其是还当着人学生的面呢。吕年年微微

喜欢你，那么甜

摆了摆手说："不用了吧……"

贺轻昀却一扬手，直接给她披上了："穿上，这里温度低。"

这一刻也许连贺轻昀自己也没发现，吕年年在他心中不再只是一个合作完就不再有交集的萍水相逢的人了。

白大褂上还带着主人身上的温度，吕年年骤然由冷被暖笼罩，反而不由自主哆嗦了一下。

"贺老师今天撞邪了吗……你什么时候见过他这么温柔……"

"可能是女朋友吧。"

"但我听瑞济的师兄说她只是来合作的医学插画师啊。"

"……"

两人窸窸窣窣地咬耳朵，自以为隐蔽得很，其实吕年年全都能听到。

那一瞬间，她觉得自己可能比刚进停尸间的时候还要僵硬。

贺轻昀转头往这边看了看，然后把自己的手机放到一旁，在他穿上蓝色解剖服的那刻，从手机里传来了古典钢琴的乐声——是巴赫的平均律，是这位"没有感情的杀手"运用数学精密创作的巅峰之作。

稳定的旋律掩盖了两个男生的说话声，也盖住了吕年年如山谷回音般的心跳声。

吕年年感激地看了眼贺轻昀，扯了扯过长的白大褂袖子，身体陡然柔软了下来。

两小时下来，解剖课圆满完成，吕年年的取材也圆满完成。据说是因为这位大体老师的心脏长得太标志了，简直是完美教科书版本的器官。所以不出意外再过不久，这颗心脏就将以精细的插图形式出现在贺轻昀副教授编写的新版基础教科书里。

不过这还是吕年年头一次在医院待到晚上十二点，地铁公交车都已经停运，那两个学生能走路溜回宿舍，但她就只能接受贺轻昀开车送她回家的提议了。

一上车，吕年年就眼观鼻、鼻观心地乖乖坐好，并飞速给自己系上了安全带。

毕竟那种愣愣坐着，然后等驾驶座的男人突然向你靠近，再慢慢帮忙系上安全带的偶像剧操作，"老阿姨"的心脏真实受不了……

两人今天都累着了，在车内一言不发。但这安静并不让人尴尬，反而让人非常舒心，仿佛平均律的乐声还在耳边回旋。

但此刻快累瘫的吕年年显然还没有意识到，这种相处时也无须多言的静谧感意味着什么。

送别吕年年后，贺轻昀启动车子返回自家。

进门后，掏出手机，他才看到吕年年发来的微信：【谢谢你今

喜欢你，那么甜

天送我回家啊，第一次有人把我送进家门才走的［捂脸］】

他坐在沙发上单手松了松领口，下意识地回复：【大概因为我的工作缘故吧。】

吕年年：【？】

怎么回了一句这么没头没脑的话，喝完水回过神来的贺轻昀自己也觉得有些不可思议，无奈地笑了笑，只能接着自己的话解释：【在各种奇形怪状的伤口后面，也有各种匪夷所思的伤人理由。】

想了想，贺轻昀敲着手指，又发了句：【晚安】。

吕年年收到回复，"嗷"的一声倒在床上："天哪！太会说话了吧，人格魅力太强了！再这样下去我都要沦陷了！"

被吵醒的旺仔傲娇地抬了抬眼皮，迈着肥胖的猫步跳上了床，往吕年年脸上一屁股坐下去——断了她的"彩虹屁"。

是啊，人应该现实点。臆想这种粉红泡泡还不如想想"加餐饭社"什么时候更新和直播……

而另一边贺轻昀的手机里却热闹非凡，从昨天Lily那句"'院树'有情况"开始，再加上今天茫然无知的吕年年打扮得如此招摇，院里聚会专用的微信群消息已整个炸开，掀起了一场声势浩大的八卦。

【24 小时 oncall：我今晚去解剖室收尾的时候还看到那个女生是披着贺主任白大褂出来的［嘘］】

【丘比特今天营业了吗：啊啊啊啊啊，太不公平了吧！为什么对我们就如此冷漠［流泪］　［流泪］　［流泪］】

【妇产科老王：#音乐分享《还不是因为你长得不好看》#】

【丘比特今天营业了吗：我自闭了.jpg】

……

再往后大家都飘了，你一言我一语编得神乎其神，什么"学生时代青涩的恋爱，多年后破镜重圆""领域王者相爱相杀，第一眼就开始的电光石火""你对我这么好，却永远只是把我当妹妹"……诸如此类的晚间八点档经典剧情。

贺轻昀不禁轻笑出声。

但意外的是，这样被编排，他竟然没有感觉不愉快。

就像意外回复她的那些话一样。

他甚至忽然有些想用这些话去逗逗她，不知道她是会故作冷静还是红着脸转身逃跑。

待贺轻昀洗漱完毕从浴室出来的时候，窗外开始下起了雨，夜雨打在玻璃上发出密集的声响，在这样夜深人静的时候更加让人无法忽略。

喜欢你，那么甜

贺轻昀走到窗前将窗户推开一道缝，初春的雨裹着四月夜晚的冷风吹了进来，让人通体冰凉。远处橙黄的路灯在雨中显得更加朦胧，偶尔可以看到有车子急速驶过。

他叹了口气，希望明天不会因为下雨路滑而接到大量的急诊，就像几年前的那个梅雨季一样。

一想起这事，他又不免想起蒋女士在那次连环车祸中的陈年旧伤，于是给她发了条微信慰问：【妈，您要注意保暖。】

自从那年车祸之后，蒋女士就踏入了养生行列，天大地大身体最大。本来从小到大对贺轻昀持放养态度的她突然就开始对贺轻昀的胃病耳提面命起来。

年三十那天，蒋女士神色漠然地赠了他一个红包。等贺轻昀掏出来一看，是张字条，写的是《饮马长城窟行》中那句"上言加餐饭，下言长相忆"——充分显示了蒋女士作为文学教授细腻婉转的内心。

贺轻昀哭笑不得。

最后为了让蒋女士放心，他无奈在网络开了一个账号，专门用来记录日常饮食。

账号名也直接化了那句诗过来，取作"加餐饭社"。

后来，他渐渐习惯了这个账号的存在，时不时地发点教程或者直播。尽管他不明白为什么自己既不露脸也没说话，还是涨粉成了大V号……

再往前翻了翻聊天记录,他才发现他的账号已经很久没有更新内容了,想想再没动静的话蒋女士怕又要急了。于是,贺轻昀捏捏眉心,发了一条微博出去。

数据显示,由于气质和生活习惯的不同,画手都爱养猫,文手偏爱养狗。

但吕年年的旺仔就不一样了,作为一只橘猫,她从不陪铲屎官熬夜。吕年年孤老地抱着睡着的旺仔感叹:"早知道我还不如养条二哈呢,数据误我啊!"

一旦开始重新工作,吕年年又不知不觉地进入了熬夜模式。半夜一点钟,她平板上的微博小号发出了特别提醒的声音。

【来自"加餐饭社"——明早八点直播三文鱼鸡蛋可丽饼。】

"嗷嗷嗷嗷!许愿真的有用,男神终于回归了!旺仔仔快来陪姐姐睡觉,明天早起看直播啦!"

吕年年激动得一把抱住旺仔在空中转圈圈。

"喵喵喵!"暴躁的旺仔,想打人。

第二天早上,吕年年睡眼惺忪地关掉闹钟,撑起眼皮打开B站,男神果然如约而至。

吕年年在评论区友好打招呼"饭饭欧巴早上好啊",夹杂在无数的"早上好"里面。

　　吕年年目不转睛地盯着男神单手打鸡蛋。这是她的一个"酥点"，每次看他单手打鸡蛋就会想起《哈尔的移动城堡里》哈尔的单手打蛋，一模一样的"酥"！

　　突然弹幕开始疯狂刷"蒋老师好""蒋老师早上好""蒋老师又来监督啦""饭饭今天也有好好吃早饭哦"……

　　如此大军，吕年年当然淹没在其中了。

　　进入直播间的蒋老师是"加餐饭社"的母上大人，为了监督千里之外的儿子好好吃饭，这个直播间才应运而生。

　　虽然他的直播从不和观众互动，只做饭，但还是累积了很多死忠粉。有的烹饪界大拿会去他微博留言讨论，但是只会吃的吕年年只敢用小号默默窥屏。

　　看完直播，吕年年觉得自己有点饿了，但又还想再睡个回笼觉。正纠结着，贺轻昀的微信发了过来：【醒了吗？今天上午的时候麻烦带电脑到医院来，有一些资料要讨论。】

　　凡是涉及甲方爸爸给饭吃的问题吕年年都很郑重，她立即答应并且起身准备出发。

　　只是她好像……又被"鸽"了……

　　好在她能够理解医生工作的特殊性质，也早就被何玥那丫头

"鸽"习惯了。于是吕年年很自然就接受了这个情况,心安理得地坐在贺轻昀办公室上网。

【加餐饭社后厨一号:急急急!姐妹们有谁录了饭饭今天的直播视频吗?】

【肤若皮冻:没有欸,今天不是一号你负责录屏吗……】

【加餐饭社后厨一号:是啊,但今天我家旁边施工队挖断了网线我去……刚好录到一半 [大哭] 】

【吃吃吃吃吃鱼不:那个……举个手,我有!】

【加餐饭社后厨一号:啊……吃鱼你现在有空发我不,咱们家剪辑的档期要靠抢的 [捂脸] 】

【吃吃吃吃吃鱼不:OK!】

吕年年加入这个"加餐饭社后援QQ群"很久了,但她基本不"打卡",也不"产粮"。她的阵营也不在这儿,更多是在微博上每天"啊啊啊啊啊啊啊"地给"加餐饭社"吹"彩虹屁"。

完全自娱自乐的一个花痴小号,并且非常害怕影响自己的大号"年年有鱼炖肉肉"。

但不知道是不是医院的网速和她相克,还是"吃吃吃吃吃鱼不"这个账号等级不够,上传速度很慢。

为了能快一点,吕年年停下了所有上网页面,撑着下巴专心致

志地等待上传。一直等到眼皮打架,像重回了学生时代的政治课,脑袋一歪,没忍住睡了过去。

贺轻昀没想到自己又被手术绊住,因为怕吕年年久等,所以下了手术台后便匆匆赶回办公室,却没想到一推开门,就发现吕年年靠在沙发上睡着了。

他轻声走了过去,想起昨晚十二点多才让吕年年回家,今天上午又让她这么匆忙赶来。大概是不知不觉间忘了,不是所有人都能和医护工作者一样做到随睡随起,心里竟有了一些歉疚。

如果让院里的护士姐妹团知道贺轻昀当下所想,大家大概只会一起咬手绢哭诉:说好的工作要时刻严肃永远待命呢,这果然是个看脸的世界……

恰好这时吕年年放在茶几上的电脑叮了一声,贺轻昀条件反射地看了过去——是文件上传完成的提示音。

"加餐饭社后厨会"。

看到群名字的时候贺轻昀恍惚了一下,再一看吕年年显示登录的账号名:吃吃吃吃吃鱼不。

他觉得有点眼熟。

他默默地掏出手机在粉丝列表里找到了这个号,点进去一看——

【啊啊啊啊啊,饭饭今天直播了!又看到了久违的单手打鸡蛋,我死了!】

【如果哪天能吃到饭饭亲手为我做的菜,我愿意这辈子都不吃炸鸡烧烤〔大哭〕】

【妈妈你看!就是这个男人!会做饭还有文化,我要嫁给他,啊啊啊啊啊】!

【今天想饭饭了吗?想了,想到断头!】

……

贺轻昀用手抵着唇笑了起来,笑得眼睛都弯了。

有意思,真是有意思。

他深深地看了沙发上呼呼大睡的吕年年一眼,将自己椅背上挂着的西装外套轻轻盖在她身上,走了出去。

刚到走廊就碰上要去手术室的张恒,被立即叫住:"等等,轻昀!有空没?"

"怎么?"

"来了一台手术,急性心肌梗死,老人家快八十岁了。我正愁王朗那孩子压不住场面呢,你要是有空就一起过来。"

"好。"

喜欢你，那么甜

在术前准备室里，张恒洗着手突然起了八卦之心，问："你今天不是又把画画那姑娘找来了吗？怎么没跟她在一起？"

贺轻昀笑了笑："她在我办公室睡着了。"

张恒猛地转头看向他。

"怎么？"

"这不像你啊……对待工作队友也这么温柔……"

"工作性质不一样，她只是画插图而已。"

"啧啧啧，这不对。"张恒继续上下打量贺轻昀，眼神里全是戏谑，"不会你真的在追她吧？"

贺轻昀笑而不语。

一直到进手术室前的最后一刻，贺轻昀转过脸来意味深长地回了张恒一句："再这样下去，我也许真的要借你吉言了。"

张恒整个呆住。

02 柠檬/苏打水

吕年年一直以来有个毛病,就是坐着睡比躺着睡时睡得还死,典型"上车睡觉,下车尿尿"那种人。

只是她没想到在贺轻昀的办公室里她也能睡着,可能是贺轻昀并不对她提刀,所以她就飘了吧。

吕年年一觉醒来发现身上盖着一件黑色手工西装,料想应该是贺轻昀的。和那天披着的白大褂相比,这件外套上没有了明显的福尔马林气味,反而有一股沉沉的木质香。

喜欢你，那么甜

没忍住又偷偷把鼻子埋进去闻了闻，接着在确认没有沾到脸上的粉底之后，吕年年才将这件一看就很贵的外套小心翼翼地拎起，重新挂在了椅背上。

几小时没动过的电脑早就进入了休眠期，在电脑旁贺轻昀给吕年年留了张字条，大意是说，抱歉今天将吕年年叫来医院但他却没时间，让吕年年先回家休息。

但她睡完一觉之后精神多了，想着挺久没见她们家宝贝玥玥，就打电话过去撞撞运气，没想到竟然秒接！

这对于能把微信对话框用成空间留言板的她们俩来说，简直是可以立刻奏婚礼进行曲的缘分。

"干吗呢？吃了没？"秉承中国人的传统文化，吕年年开口就是这个。

"刚走到食堂。"

"那我去找你！"

"你在我们医院？"何玥好像很吃惊。

"对啊，你们贺主任把我叫来的，但他又放我鸽子了。"

"但是……"何玥欲言又止。

"怎么了？"

"没事，你过来再说吧。"

远远地何玥就把门口的吕年年招呼过来:"快来!给你打了好多肉菜。"

多年姐妹,何玥当然知道吕年年是无肉不欢。红烧排骨、油炸小黄鱼、芹菜炒牛肉、鸡蛋羹,全是吕年年爱吃的。

"你怎么不吃?"吕年年一来就捞起一块小排,却看到何玥还在吸溜她那碗红豆粥。

"太油腻,吃了想吐。"

吕年年抬头盯了何玥两秒:"知道的说你在减肥,不知道的以为你在孕吐呢。"说着她把那碗鸡蛋羹推到何玥面前,"给我吃了,一口不许剩。"

可能是年纪到了,以前都是何玥管东管西的,现在吕年年也开始管起人了。

"你这么吃东西也不怕在手术台上撑不住打晃,我可是看到有新闻说医生赶时间直接喝葡萄糖水补充体力的,你这有时间吃饭还不吃。别逼我回去给奶奶告状啊。"

还真被她说中了,何玥还真干过撑不住喝葡萄糖水的事儿,心虚之余当然也不能就这么认怂:"你先管好自己的睡觉问题吧,祖宗,这几天又半夜三四点发状态吧,要不要我把你朋友圈屏蔽叔叔阿姨的事儿告诉他们?"

喜欢你，那么甜

"行行行，冤冤相报何时了，吃饭吃饭。"吕年年立刻投降。要论把柄，那肯定是何玥手里更多啊，从小到大不知道帮她背了多少锅。

"话说，贺主任真的放你鸽子了？"何玥还是乖乖吃起了那碗蛋羹。

"对啊，我上午十点多到医院来的，后来太困在他办公室睡着了，醒来之后就到了这个点。但是他给我留了张字条，说他今天太忙了，让我早点回去休息。"

"呃……可是，我刚刚听护士说，就在一个小时前，老张把闲得在走廊溜达的贺主任拉去手术室了……"何玥默默地看了吕年年一眼，"可能是他回办公室之后看到你在睡觉，没忍心叫醒你吧。"

是了，如果只是急着回办公室拿东西的话，那没必要又留字条又盖衣服的，太浪费时间。还有那张字条，与医生惯写的龙飞凤舞大相径庭，这张字条上的字端正得当，秾纤劲雅，根本不像是情急之下所写。

所以明明是她自己消极怠工睡着了，贺轻昀非但没有责怪她，还把过错往自己身上揽，让她别有愧疚之心。

真是像极了维多利亚时代的英国绅士。

"太体贴了吧……简直是现代版的 Mr Darcy（《傲慢与偏见》男主角）。"吕年年在脑海里疯狂给贺轻昀加戏，呆呆地戳着盘里的米饭,"他对你们都这样吗?那你们这工作也太幸福了吧……"

"不,姐妹,你想多了。据我们所知,他只对你这样。"何玥露出小黄脸招牌式微笑,掏出手机给吕年年看之前院里的八卦。

正是之前 Lily 她们编排的那些,吕年年看着一脸"这什么鬼"的表情。

何玥突然托腮意味深长道:"说不定我们主任真的对你有意思呢……如果是真的,你打算怎么办?"

"怎么可能!"吕年年双手抱拳给何玥拱了拱,"姐姐我求求你别再撩拨饥渴的老阿姨了好吗!万一我自己想太多真的陷进去出不来了,你就跟我一起出家吧。"

"……"

然而何玥这一剂药下得太猛,吕年年回家的路上还是忍不住地想入非非,恍恍惚惚晃回了家。

直到刚开门手机就自动连上了家里的 Wi-Fi,"叮叮叮"好几个消息提示音接连传来。

这可奇了怪了,作为一个没有现实社交圈的"肥宅",她的微信常年只有腾讯新闻的推送,微博没记错的话她今天上午已经切换成小号了啊。

吕年年狐疑着,在门口把手机掏出来看。

喜欢你，那么甜

【来自微博消息："加餐饭社"成为你新的好友。】

吕年年盯着自己微博小号页面那个灰色小方块里的"相互关注"，先是愣了几秒，接着手脚发抖，全身的血液轰地冲上了脑子。

她原地蹦跳："啊啊啊啊啊啊啊啊！"

此时此刻，唯有尖叫。

连隔壁午休的老大爷都被她吓起来了，开门露了个头："怎么了丫头，家里遭贼了？"

"没没没，是我太兴奋了，没事儿，爷爷您回吧！"

吕年年连踩蹦旺仔都没顾上，直接冲到沙发抱起抱枕打了一通拳。

贺轻昀是谁？谈恋爱是什么？

【来自"吃吃吃吃吃鱼不"：回关了！饭饭回关我了，妈呀，啊啊啊啊啊啊！我原地去世！】

"叮"——立刻又是一个微博提醒。

【"加餐饭社"赞了这条微博。】

吕年年两眼一翻，差点没直接撅过去。

可见，猛药须得更猛的药来治。

由于被男神关注这件事给予了吕年年莫大的精神满足，所以被贺轻昀撩拨出的这点少女心也随之烟消云散。等到贺轻昀再约她见面的时候,吕年年脑子里想的也全是"加餐饭社",出个门都要哼《好运来》,还在地铁站顺便买了一杯奶茶。

但这次,她竟然没有被放鸽子。

礼节性地敲完门后,吕年年都已经做好直接推门进去的准备,但她竟然听到里面传来一句"请进"。

吓得吕年年赶紧把手里那杯奶茶扔进门旁边的垃圾桶里,并顺手捋了捋头发,才温柔端庄、大方得体、装模作样地推开了办公室的门。

吕年年进去的时候,贺轻昀正站在书架旁边低头翻着资料,脱去白大褂的他只穿着一件柔软的黑色高领针织衫,还戴着一副细框眼镜,没有了临床执刀的冷淡感,反而像是刚去图书馆楼下买完咖啡回来的学者。

她心里"咯噔"一下,怎么一看见贺轻昀少女心就又回来了……她压下自己不争气的小心脏和脸蛋上的红晕,一本正经地问:"贺医生今天没有手术?"

贺轻昀听见吕年年的声音,合上手里的书转过身来。

只是当他看到吕年年之后就笑了:"刚刚喝了抹茶奶盖吗?"

吕年年一愣:"你怎么知道?"

喜欢你，那么甜

贺轻昀走到办公桌旁抽了一张纸巾递过去，只笑着示意吕年年接下，没再说什么。

但吕年年立即反应过来了，还未完全压下的红晕被臊得更红，她接过纸巾胡乱地擦了擦嘴，心想：好了，以后来医院都不用画腮红了，真给我省钱。

好在两人迅速开启了工作模式，让吕年年把面子捡回来一些。

目前他们讨论的主要内容还是筛选之前拍下的那些参考照片，包括更正已经画好的部分图例里的微小错误之类的。

不得不说，和严谨的医学"甲方爸爸"合作真的太爽了。不仅不会要你画五彩斑斓的黑，事实上，只要保证结构正确，内容清晰分明，用什么颜色，什么注释字体都不干涉。

当然最主要的还是——钱到位。

大概贺轻昀这个下午是真的很闲，他甚至真的像吕年年想的那样，下楼买了两杯咖啡，和她一起坐在会客沙发上商讨画稿。

时间就这么不知不觉地淌过。

阳光从他们背后的窗户里照进来，咖啡香飘了满室。一门之隔的医院走廊里那些张皇的、疲惫的、冰冷的、悲怆的死死生生仿佛电影的转场镜头，渐行渐远。

而他们在此间，只有窗外远处缀满杏花的枝条摇曳，不知今夕何夕。

真舒服。

正当吕年年心猿意马地飘飘然之际，贺轻昀的手机来电打破了她充满文艺气息的幻想。

他接完电话后站起身，跟吕年年说让她继续在这改稿，而他需要临时开个视频会议。

吕年年茫然地点了点头，她以为贺轻昀应该要去什么专门的会议室之类的，但他只是转身坐回了自己办公室的椅子上，打开了电脑。

听起来是个几院联合会诊的疑难病例。

吕年年一边机械地给画面渲染上色，一边支着耳朵听那边的三言两语。

长时间赶稿的画师都懂，画画的时候最好还是有点声音会比较好。吕年年往常都是开B站直播或者听相声，但她没想到，听医学会议也有助于效率提升……

于是在贺轻昀还没结束会议之前，吕年年就已经改稿完毕了。

吕年年百无聊赖地等着贺轻昀，刷了刷微博，然而"加餐饭社"超话里也并没有什么新鲜话题。想了想，她随手新建了一张画布，画起了器官拟人化的小萌漫。

稿子像难产，"摸鱼"像下蛋。只要一"摸鱼"，吕年年的电脑就映衬着满屏不可言说的笑容。

白切黑商业大佬"脑"甜宠病娇"心脏"小少爷什么的，啊，真带感啊……

吕年年专心致志在手绘板上唰唰唰，手速惊人，竟丝毫没有注意到贺轻昀不知不觉中已经开完了会并走到了她身边。

是光线提醒了她——突如其来笼罩在键盘上的大片阴影，让吕年年条件反射地抬头看去。

对视的那一瞬间，两人都有点尴尬。一个假装坦荡地睨着正在上色的漫画，另一个却没法假装自己不小心看到屏幕。

"咳……"贺轻昀掩饰性地咳了声，"我以为你在改稿。"

"啊，那个我已经改完了……"吕年年顿了两秒，手忙脚乱把电脑挪到贺轻昀面前去，"你要看一下吗？"

挪完之后她才反应过来，电脑还没有切换文件，现在的屏幕上大刺刺展现的还是刚刚那个激情小萌漫。

吕年年默默扶额，这是什么"大型翻车现场"……

贺轻昀倒是乐得顺坡下，当真一本正经浏览起那条Q版漫画来了。漫画情节其实真还挺纯洁，就是画面正好停留在心脏拟人化的那个角色的特写上,被"壁咚"后露出羞愤交加的神情,没联系前因后果的话,容易想歪。

"画得很可爱,我挺喜欢的。"贺轻昀发表读后感。

大概是他的语气太过于诚恳,让人一点不觉得这也许是在客套,吕年年反而诧异起来:"啊?你竟然喜欢Q版画风吗?"

"我觉得,相比现在普遍的网页游戏或者日本动画的风格来说,我更喜欢你这种。"

吕年年的画风的确不是现在市场上最流行的那种,可能因为她从小开始学的是国画吧,在她的画面里,即使是在画现代的Q版小人,线条的韵味也表露无遗,这种可爱,与其说是"日式大眼萌",不如说更像是国画里那些小胖孩儿的可爱。

"有眼光!"被审美品位一看就很高的贺轻昀夸了的吕年年是真开心,笑得眉眼弯弯,"那我画一个送你吧。"吕年年说着拿过茶几上的稿纸和钢笔。

她抚了抚桌面的那张A4纸,刚起了个笔势才想起这是在画人设,要观察设定对象,于是又转头看去。

贺轻昀正巧在旁边的沙发坐下,吕年年转头这一看,不偏不倚就撞进了对方的眼睛里。

所有流动的空气仿佛在这一刻突然静止,但他们都没有闪躲,

喜欢你，那么甜

就这么互相对视着。

漫长的十五分钟。吕年年每画一笔便抬头看他一眼，而贺轻昀偏偏总迎着她的目光而来。

吕年年仿佛在天庭漫游一般度过了这对视的十五分钟。

他的眼睛里好像比他和别人对视时多了一些波澜起伏的温度，就像给她开了一张独一无二的通行证。

没错……吧？

吕年年没有勇气确认，画完手上的最后一笔，将纸递给他，像给皇上递告老还乡请辞书的臣子一样，焦灼又忐忑。

"今天挺晚的，我先回去好了，贺医生。"

贺轻昀接过画纸道谢，又说："我送你回去吧。"

吕年年一瞬间就像听见皇上要赏几座城池告慰老臣离去一样，诚惶诚恐道："不用了，不用了！我可能还要去逛个超市，我自己坐地铁回去就好！"

贺轻昀笑了笑："好，路上小心。"

等她走远之后，贺轻昀才完全放松地坐了下来，陷在办公椅柔软的皮垫之中。

他在满室寂静里闭上眼睛，脑海中全是吕年年歪着头行云流水地认真画下每一笔的神态，她的耳旁有几缕头发俏皮地跑了出来，拂在脸颊上。

贺轻昀喉头不由自主地动了一下，强行压制住想要拨弄她头发的冲动，心跳得比第一次上手术台主刀时还快。

缓缓睁开眼，窗外一半夜色一半流霞，楼下传来儿童住院部的孩子们打闹的声音，食堂的油烟慢慢侵入医院的来苏水味中。

明明一切都和往常一样。可是，似乎又有些什么，不一样了。

进地铁的时候还是太阳西沉的模样，但空中卷来的冷风似乎已经开始预示不久后的一场春日夜雨。

出地铁后天色全黑，白天阳光留下的暖意荡然无存。飘着小雨，和着夜晚的风，让吕年年打了个喷嚏。

地铁口离小区还有十几分钟的脚程，吕年年裹紧衣领冲回家，头发被绵密的细雨打湿，风吹得脑袋疼。

回家后她长叹了一口气，就像是浑身上下所有的力气都被抽走了一样，趿着拖鞋去冲热水澡，出来后又就着热麦片吞了两颗感冒药，窝在沙发上"撸猫"和发呆。

大概是感冒药里含了扑尔敏成分，坐着坐着吕年年陷入了半睡半醒的晕乎状态。

仿佛回到了下午那个阳光正好的办公室，她和贺轻昀对视的那段时间。

喜欢你，那么甜

那深邃的瞳孔里面是什么呢？被蝉翼般轻薄的睫毛柔软地掩盖住一半，像山中一口幽深的古井，周围会有湿漉漉的苔藓吗？雾蒙蒙，充满生机和草木的气息。

嗒！

啪嗒！

是阳光卷着一整朵桃花落下的声音。

是微雨和风绵绵缱绻的声音。

还是，心脏掉落的声音？

吕年年突然睁开眼睛，才发现自己不知不觉躺在沙发上睡着了。梦里有着贺轻昀看向她的眼神，让人忍不住心猿意马的眼神。

一瞬间，吕年年觉得自己像是聊斋志异里的那些书生，在某个幽深的林子里和摄人心魄的精魅对视了一眼，就浑身发软，再也逃不开了。

不行，这样真的不行，得找一个转移注意力的目标了。吕年年翻身坐起来，想了想，盯上了她亲爱的母上大人的对话框。

而另一边的贺轻昀正倚在手术室的墙边盯着吕年年画给他的那张画发呆，他甚至没有察觉他已经盯了一整个手术收尾的时间了。

直至手术室里的张恒走出来，他的心神还没来得及从手术中出来就瞥见了出神的贺轻昀。

张恒出其不意地跳过去,手一伸就想把那张纸捞下来:"小贺同志看什么呢?"

贺轻昀迅速回神,将画纸一收,转身躲避张恒,说:"你看不懂,先去把手洗洗吧。"接着就面无表情地走了,像一个没有感情的魔鬼。

"什么啊……难道是什么高难度病历单?我看不懂还不能学习学习了?"张恒默默地一边洗手一边嘀咕,感到委屈。

他不知道,这张"病历单"不仅仅他看不懂,连贺轻昀自己也有些看不懂了。

贺轻昀,一个被所有了解他的人评价为"可以扼住命运后颈皮"的男人,第一次在内心开始怀疑,是不是遇上了一道也许只能被命运解答的难题。

【吕年年:妈,睡了没?】

【荷塘月色:本来还在看电视,看到你出来就知道到点该睡了。】

【吕年年:我最近睡得都挺早的……】

【荷塘月色:你知道上回咱俩去逛公园为什么王阿姨说我们像姐妹吗?不是因为你妈年轻,你看看你脸上那大黑眼圈,你现在25岁,再过两年你看看你脸上的皱纹还见不见人!不找对象又不找正经工作,再过三十年要是我和你爸还健在就齐心合力把你送养老院去。】

【吕年年：怎么就养老院了，不是存给我的嫁妆钱吗？】

【荷塘月色：你还知道这叫嫁妆钱！你不嫁哪儿来的嫁妆。上次你小姨说了一个男生，本地人，父母都是正经单位不说，还和你在一个城市当律师，多好啊！你还推三阻四。】

【吕年年：妈妈，我改过自新了，我今天就是来找你要那个男生联系方式的……】

【荷塘月色：188xxxxxx26，你自己加他微信吧。现在知道上心了？指不定人家已经有女朋友了，你当人家一直在等你啊。】

跟自己母亲聊天比应付客户催稿还累，吕年年复制了那串号码放进搜索栏里，弹出来却是一个已加好友的个人页面——"精诚律所 梁凯"。

吕年年有一点哭笑不得，好吧，也许这也是一种缘分……因为这位梁凯，就是几个月前帮她处理"本子被举报"一事的律师，是以前高中同学介绍的一个学长，只能说世界真小啊。

吕年年打开聊天页面，他们的对话还停留在几个月前。

她抓了抓头，想了个微妙的开头。【吕年年：你好，你是卫生院董局的妹妹的女儿的三姑的儿子吗？】

【梁凯：你被盗号了？】

吕年年扶额，果然不能和直男玩这种需要接梗的游戏……

【吕年年：没有……但是你小舅妈很早之前应该有说要给你介绍对象吧，是我……】

过了很久，那边才回复：【啊，好巧啊。】

【吕年年：是啊，好巧啊 ^_^。】

怎么办，她现在就想打退堂鼓了——啊啊啊，为什么要相亲，是游戏不好玩还是猫咪不好撸？

【梁凯：那你明天晚上有空吗，我请你吃饭吧。】

【梁凯：哈哈哈，找了好久才找到一张猫的表情包。】

【吕年年：？】

【梁凯：你不是挺喜欢猫的吗？】

吕年年愣了愣，感觉梁凯也挺好的啊，如果非要和贺轻昀比肯定比不了，但普通的人生中，能有梁凯这样的其实已经很好了。

只要能把她从对贺轻昀不切实际的幻想中拯救出来都好说。

于是，她回了梁凯好几个猫咪表情包，说：【哈哈哈哈，我都可以啊，我一般都有空。】

于是接下来的一两周，梁凯开始各种约吕年年吃饭看电影，吕年年也偶尔逮住机会回礼。但其实两个人都心知肚明，说感情是谈不上的，火花也是没有的，干什么氛围都像是单位团建。

就是家长口中俗称的"处处看"。

喜欢你，那么甜

　　毕竟现在这社会，碰到一个三观和长相都没那么奇葩的相亲对象就已经很不容易了。

　　又是一个中午，吕年年被贺轻昀带去会议室看一个手术实录视频，讨论可以转化为教学插图的视频动作和画面。

　　投影仪一打开，巨大的电子屏发散出刺眼的蓝光，再加上会议室常年没有光照，冰冷的气息和血腥的感观充斥在整个空间，让人喘不过气来。

　　吕年年对这些最是敏感，她捂着翻江倒海的胃部，脸色越来越苍白。

　　接着画面突然被暂停，察觉到她不对劲的贺轻昀转头问："怎么了？"

　　"胃炎犯了……"

　　贺轻昀了然，走过去把设备关了，示意吕年年站起来跟他走。

　　"有药物过敏史吗？"

　　吕年年看着贺轻昀轻车熟路地弯腰从自己办公室抽屉里拿出一盒药，看样子应该是他自己常用的。

　　"青霉、素头孢都过敏。"吕年年老老实实答。

　　贺轻昀听完又将手里的药放下，接了杯热水递给她："去花园转转吧,过会儿我来找你。"说着双手插在白大褂的口袋里走远了。

她愣愣地看着贺轻昀走远,第一次有一种"啊,他确实是个医生"的感觉,并且很自觉地遵照医嘱抱着小杯子去了阳光明媚的医院小后院。

吕年年坐在花园长椅上发呆,暖烘烘的阳光带着植物气息传来,大自然的味道驱散了刚刚会议室里压抑的感觉。

"好一些了吗?"贺轻昀从远处走来,手里拿着一个不锈钢保温杯。

"这是前年院庆留下来的纪念品,从没用过,消过毒了。"

吕年年道谢,接过那个写着"瑞济医院七十周年"的保温杯,一拧开瓶盖热气就争先恐后地涌到脸上,还带着一股清淡的中草药气味和一丝似有若无的香甜。

她吹了吹,小啜一口,惊喜地抬头:"真的是甜的啊!"

贺轻昀笑了笑:"因为加了蜂蜜。"

喝过汤药,晒着太阳,吕年年的脸色明显好起来了。贺轻昀便转头问她:"怎么突然就犯胃炎,吃坏东西了?"

"可能吧……"吕年年点点头,"昨天晚上吃了变态辣的火锅,今天早上又没吃饭。"

喜欢你，那么甜

贺轻昀挑了挑眉："你最近似乎常和人有约？"

吕年年仿佛感到有一丝不善的意味传来，不会是贺轻昀觉得自己最近工作不力吧……

她心虚地抱着杯子把头低下去，干笑着："是啊……"

并且今晚还有约……吕年年在心里补了句。

梁凯是精诚律所的合伙人，但凡没案子的时候下班时间都自定。他今天决定请吕年年去一家早先就定好的私房菜馆。这家私房菜的老板脾气很傲，每天只接受五桌预订，先到者先得，只有一桌吃完了才开始另一桌。

他看了看表，觉得差不多到时间去接吕年年了，否则这饭怕是要等到半夜才能吃上。

以至于吕年年接到梁凯消息的时候抬头看了看窗外，天都还没黑，她和贺轻昀的工作也没完成。

吕年年琢磨着不好让梁凯在医院外久等，便向贺轻昀开口告假，说朋友在外面等她，今天要先走。

"和你一起吃火锅的那个朋友？"贺轻昀一边问着一边拧上手里的钢笔。

"嗯。"

"那我送你出去吧，正好要去总台拿点东西。"贺轻昀表面一本正经，其实自己心知肚明，哪有什么东西要拿，他只不过想看看这个隔三岔五约吕年年吃饭的人到底是谁。

生平第一次做这种鸡鸣狗盗的事情，难免不自然，他伸手握拳，佯装咳嗽了一声。

经过一路拥挤的医院走廊和电梯间，贺轻昀终于看到了吕年年的那个朋友。

那人开着一辆白色的奥迪A7，坐在车里等着吕年年自己开门上车，所以贺轻昀只能从贴了玻璃膜的车窗里看见影影绰绰的一个人影——一个男人。

贺轻昀勾起嘴角，眯着眼睛，有那么些气极反笑的意思，转身就想往电梯走去。

"轻昀！"人群中忽然传来张恒亲切的呼喊。

贺轻昀循声一看，张恒正在总台那边朝他挥手。

"快来快来，帮我一起看看选哪款比较好？"张恒手里拿着一本托Lily带来的汽车4S店的宣传册，因为Lily的表哥在4S店工作。

"先说好啊，我预算只有50万，那种外表看不出来高配的就不要了。我呢，主要是开去相亲的……"

张恒说得唾沫横飞，然而贺轻昀根本就没心思听他到底在说什么，只是敏锐地捕捉到了"相亲"两个字，心中一动。

喜欢你，那么甜

　　Lily 在一旁帮表哥刷业绩："张医生，现在女孩儿又不傻，你要是真想撑场面就干脆再贷点款，要买就买进口高配呗。"

　　贺轻昀默默地掏出手机，找到何玥的微信对话框。

　　张恒天真地以为贺轻昀要帮他上网搜车型评价，乖巧地在旁边搓着手等待。

【贺轻昀：你知道最近常约吕年年出去吃饭的男人是谁吗？】

【何玥：呃……主任你说的应该是梁律吧……】

【贺轻昀：律师？吕年年最近要打官司？】

【何玥：那倒不是，梁律是她家给她介绍的相亲对象啊。】

【贺轻昀：别让任何人知道我今天问你的事，VIP 房那个女明星的手术缝合我帮你做。】

【何玥：那到时候我们一号手术室不见不散！】

　　何玥这两天都快被这事愁死了。那个女演员在附近拍戏，高空道具坠落被钢管入体，由于时间紧迫剧组就直接送瑞济了。

　　很幸运，这根管子巧妙地避开了所有脏器，手术本身来说并不难。但苦就苦在这是个咖位、粉丝都不低的当红小花，她经纪人再三叮嘱务必要使伤口恢复如初。不能留疤！不能留疤！不能留疤！

　　瑞济医院有名的外科圣手档期早就排不下了，只好轮到何玥赶鸭子上架。虽说她能力也不差,但她既不是搞眼科的也不是做整形的,这缝合吧,也就勉强能叫个整齐。所以她真怕最后一哆嗦缝合没缝好留疤了,被女演员的粉丝扔鸡蛋。

贺轻昀这义举,简直让何玥恨不得即刻跪拜,高呼"再造之恩"。巨大的惊喜冲昏了头脑,以至于何玥都忘了要深究一下,为什么贺轻昀会帮她缝合,她这是沾了谁的光。

这厢刚跟何玥达成了不可言传的友好交易,那边贺轻昀才发现还有张恒在巴巴地等着他。

得到了答案的贺轻昀心情爽快了许多,他接过宣传册扫了两眼,说:"买辆SUV吧,实用又有气势。"

"啊?哪款?跟你一样买奔驰GLE吗?"张恒挠挠头,"你是不是忘了我的预算只有50万……"

贺轻昀没空在这陪张恒选车,作势要走,就听见张恒转头跟Lily说:"其实我还挺想买奥迪这款的。"

他忽然就转身回来,扶着张恒的肩膀语重心长道:"我是不是还没有和你说过?"

"啥?"张恒有点蒙。

"从今天开始,我最讨厌的车就是奥迪。"贺轻昀拍了拍张恒的肩膀,再度转身离去。

喜欢你,那么甜

留下张恒和 Lily 面面相觑。

几秒之后。

"是不是!你说是不是有哪儿不对劲?"张恒扔下宣传册,压低嗓门朝 Lily 喊。

Lily 默默地放下手机,挤字眼般弱弱道:"第一次感觉贺主任这么……幼稚?"

"瞧见没有。"张恒侧了个身靠在前台上,摆出一副吃瓜的招牌动作,"刚刚,他和谁一起走出来的?"

"吕小姐啊……"Lily 不明就里回答着。

"那看没看到吕小姐上的什么车?"

Lily 回忆了一下,忽然倒吸了口气,恍然大悟地惊叹:"奥迪!"

张恒一拍巴掌,做出"对了"的表情,接着伸了个懒腰飘然离去:"哎呀……这下是真的有情况了……"

此"瓜"一出,搅弄风云。

院微信群比上次还激动,而且因为吕年年来医院也有一段时间了,大家经过观察更是说得有鼻子有眼。

【丘比特今天营业了吗:贺主任对她真的是不一样……】

【后勤很忙:今天下午贺主任还跑来问我要个保温杯,不知道

要干吗。】

【王妈：是不是前两年院庆的那个不锈钢保温杯哦？小贺还带着它来食堂找我要蜂蜜嘞。】

【李斯特：我知道了，他今天突然跑来我们中药房抓了点治胃痛的药，那个方子确实可以加蜂蜜［捂脸］】

【丘比特今天营业了吗：可是贺主任胃痛不是一向吃西药？不会是给她喝的吧……】

【24小时oncall：应该是，他们中午还在会议室看手术视频来着。怕不是那姑娘看到胃痛了［捂脸］】

【丘比特今天营业了吗：这是爱情吗，是吧？】

【24小时oncall：要不你去问问？［坏笑］】

【丘比特今天营业了吗：问就问……@贺轻昀 贺主任在追吕小姐吗，不耍流氓的那种［害羞］】

"丘比特今天营业了吗"以前也是贺轻昀恨嫁团里的一员，刚进来的时候分到急诊，跟贺轻昀有过几次合作。结果表明心迹之后被贺轻昀残忍拒绝，一气之下托家里关系转去了临终关怀，每天修身养性，吃吃瓜，陶冶情操。

现在看来，还是有些不甘心吧。

喜欢你，那么甜

贺轻昀赶去帮何玥做完那个缝合，等再回到办公室已经是晚上八点。他一打开手机就是接踵而至的消息传来，还有一个@——自然是之前"丘比特今天营业了吗"问的那个问题。

他靠在椅背上饶有兴趣地把所有消息记录看完，才回复丘比特。

【贺轻昀：我表现得这么不明显吗？】

【李斯特：！！！】

【24小时oncall：！！！】

【丘比特今天营业了吗：！！！】

……

以下紧跟队形。

贺轻昀笑了，其实他应该感谢那位梁律师，如果不是他，贺轻昀应该还没这么快地承认自己的心。但既然确认了，也该有所行动了。

他用手指敲了敲桌面，拉开抽屉，翻出夹在书里的吕年年画给他的那张画。打开台灯、找好角度，端端正正地拍了张照，再打开修图软件裁切调色，最后点击了更换头像。

【24小时oncall：我去！贺主任头像什么鬼！】

作为网速最优秀的选手，他一言激起千堆浪。大家纷纷戳开贺轻昀的头像，只见那张本该万年不变的白桦林风景照变成了一个披着白大褂看书、御手术刀飞行的 Q 版小人！

众人震惊，半个字都憋不出来了，只有"沙雕"表情包和省略号能聊表心意。

最后还要接受来自贺轻昀本人的威胁：【还希望大家不要透露给吕小姐。】

贺轻昀接着发出丰厚的微信红包。收了人红包，嘴巴当然得闭得牢牢的——只是接下来，当真有好戏看喽！

事实证明，天还没黑梁凯就来接她真的是一个正确的选择。他们五点出发，六点就到了这家装修雅致的私房菜馆，可前面已经排了两桌人了，于是只能一直坐在这茶水厅等着。

吕年年和梁凯从来没有这么无所事事地坐在一起几个小时过，刚开始还能随便聊点，到后来该聊的都聊完了，大家心照不宣地开始低头玩手机。

各自沉默。

只有各种手机提示音的响起和茶杯拿起放下的声音。

吕年年刷完微信刷 QQ，刷完 QQ 刷微博，刷完微博又点开了

喜欢你,那么甜

lofter,直到她再一次点回微信,才看到有一条未读消息。

是来自贺轻昀的。

【今天的手术视频我会将重要片段整理下来截图发给你,如果有看不清或者不清楚的地方下次来医院详谈。】

内容是正儿八经没错,可是这头像是什么情况?

他竟然把她画的Q版当头像用了?

吕年年受到的心理冲击不亚于第一次跟贺轻昀见面的那个下午,听说他看过自己画的那些同人漫的时候。

"梁先生,你们的座位排好了。"仿佛从那鸿蒙般遥远的地方传来服务生小姐姐甜美的嗓音,"梁先生?"

"这位女士?"

什么情况?服务员小姐姐内心无语,不是饿傻了吧,一个两个的叫了都没反应。

她只好伸手拍了拍吕年年的肩膀:"女士?"

"啊?"吕年年回过神来。

"你们可以就餐了,请跟我来。"

"哦,好……"她转头发现,梁凯好像受到了比她刚刚还强的冲击,整个人陷在一片恍惚中。

吕年年叹了口气,重现了服务员小姐姐的心理活动,拍了拍梁凯的肩膀，招呼他起身。

私房菜馆的每日菜单除了不做客人留言忌口的菜式外，其他一切由老板定。今天吕年年他们这桌，老板就给配了一小盅自酿米酒。

要吃饭了，总得开口说点什么，吕年年给两人杯子里都倒上酒，一边起了个话头："你刚刚怎么了，比我还心不在焉。"

梁凯的眼神还是直愣愣的，带着一股彷徨失措又不知是该悲还是该喜的神态，一开口，就是被岁月尘封的往事开启："我喜欢了八年的女神，离婚回国了。"

似乎这话一说出来就像解开某个封印一般，他浑身松懈下来，靠在椅背里，长吁了一口气："你呢？你刚刚怎么也在出神？"

吕年年和他相反，不说还好，一说就忧从中来，她叹了口气："一个我不知道我能不能喜欢的人，不知道他这是喜欢我还是不喜欢我……"

说的这是什么，颠三倒四的。

吕年年再次叹口气："唉，不说了，喝酒吧。"

"锵——"

一杯热酒下肚，为爱情忧愁的人们都低下着头。

chapter 03 咖啡/百利甜

吕年年失眠了。

直至凌晨四点,她已经吃完半桶炸鸡,喝了一整瓶的百利甜,看完两部爱情电影。

醉醺醺的她艰难地将手从小毛巾毯里拿出来发了条朋友圈:【看完《恋爱假期》,仿佛一秒回到了冬天。Ps. 裘花真好看!】

内容刚发出去半分钟,吕年年就收到了一个赞。

点进去一看,是贺轻昀。她嘿嘿一笑从列表里找到了和贺轻昀

的对话框,开始闲扯淡:【长夜漫漫,无心睡眠,我以为只有我睡不着,原来晶晶姑娘也睡不着啊!】

【贺轻昀:晶晶刚下手术台,晶晶只想回家睡觉。】后面跟着一张红袈裟方丈弹吉他唱"一生所爱"的表情包。

【吕年年:哈哈哈哈哈哈哈……】除了"沙雕"网友,已经很久没有和人玩这么成功的接梗游戏了。

在吕年年正琢磨着回哪张表情包的时候,贺轻昀竟然打了个电话过来,吕年年手滑还真给接了……

"喂……"

"为什么今天无心睡眠?"贺轻昀似乎刚上车,那边还有车子启动的声音传来。他疲惫到深夜的嗓音有些低哑,但是带着笑,有些哄小孩子的意味。

"啊……就是喝多了吧,我用咖啡兑着百利甜喝了一整瓶。"

"下次还是用牛奶兑吧。"

"嗯。"

吕年年不敢告诉贺轻昀,她是因为失眠了才去喝酒,而不是因为喝酒了才失眠。

原因在于贺轻昀一言不发换了头像之后的这个白天,吕年年因

喜欢你,那么甜

为工作又去了一次医院,但是这一次她感受到的来自四面八方的目光不再是审视和打量,而是……戏谑?

她觉得自己仿佛正处于一个"楚门的世界"中,被无数视线捆绑。除了她之外所有的人都是信息共享者,他们是那么得体、优雅,只是笑而不语地看着她。

这种感觉让吕年年觉得很烦躁,甚至有一点生气。

她冷着脸,秉着公事公办的态度踩着高跟鞋敲响了贺轻昀办公室的门。她以为她会一直以这种情绪持续完在医院的这半天,然而在门被自动带上的那一刻,贺轻昀从案头的书堆中抬起头来,对她笑了笑。

只一个笑,就打消了她所有的不快。

吕年年的心里窒息了一下,大事不妙,那一刻她突然就觉得自己本是一位暴君,而且是伏尸百万流血千里的那种,但只需贺妃对她倾城一笑,天下就四海升平。

她大概……是真的陷了进去。

该来的还是要来,从那次对视就心跳个不停开始,吕年年就知道早晚会有这一天。

而至于她从老妈那儿找来的爱情转移目标——梁凯。别说了,从上次私房菜馆一聚后,几壶米酒下肚,吕年年硬生生把自己的相亲对象处成了兄弟情。

现在这种情形,如果是别的男生,吕年年基本可以确定十拿九稳是爱情了。可是贺轻昀,他的过于礼貌让她无从分辨这些好,是与众不同的特别关心,还是一视同仁的绅士风度。

就好比此刻,凌晨四点,他给吕年年打电话问她为什么无法入睡。吕年年依然不敢多说什么,因为她怕自己暗示来暗示去最后尴尬打脸。

万一,这是人家医生的博爱呢?

"听歌吗?"他问。

"好啊。"

于是吕年年在耳朵和枕头之间夹着手机,听那边的车载音箱里传来的歌声。悠扬而慵懒的北欧小调混着漫不经心的男声,是一首很适合夜晚的歌。

"这首歌,叫什么?"吕年年问。

"*Cayman islands*。"

"真好听,单曲循环行吗?"吕年年的眼皮和思绪都开始有些不受控制了,那瓶兑了咖啡的百利甜终于开始发挥作用,困意涌上头,四肢百骸沉浸在另一个世界。

所以不管了也不想了,就当这通电话这首歌,就是只对她开放的独一无二。

"好。"

贺轻昀的蓝牙耳机里传来她逐渐均匀的呼吸声，S市彻夜不休的灯火在这种时刻仿佛也安静下来，安静到这呼吸声像一片羽毛落到心上，却依然能听见惊涛骇浪般的声音。

他用尽全身所有的温暖，轻轻对着耳机那边已经熟睡的人说了句"晚安"。

医学插画的前期资料整理工作已经做得差不多了，这就意味着吕年年不再需要那么高频率地前往医院。

凌晨四点那通电话之后，她故意和贺轻昀断了多余的联系，因为害怕自己越陷越深。吕年年重新回归自己死宅的生活方式，画画、点外卖、看视频，穿着睡衣，素面朝天，猫毛和稿纸满天飞。

第一个约她出去的人是梁凯。

梁凯的女神快过生日了，他决定给人家送个惊喜，可是不知道买点啥，于是叫吕年年出来帮忙选。

那是一个周六的下午，阳光明媚。

吕年年刚掀开窗帘的一个角就被"刺瞎"了双眼——不知不觉间，五月的阳光已经这么毒辣。吓得她赶紧回去多补一层防晒，掸了掸一直塞在鞋柜上落灰的太阳伞,揣进包里才出门。

一碰面梁凯就站在商场的各大专柜门店旁边,围着她问:"你觉得是买包买首饰还是买化妆品?"

吕年年翻了个白眼,让梁凯先把他和女神的故事娓娓道来。

女神是大梁凯一届的学姐,当时是整个院系男生的掌上明珠,结果一毕业就结婚移居去了国外。当然她在国外也依然是律政界的女王,业务能力一流。情变离婚,自己给自己准备了所有材料,一毛钱都没少算自己的。在拿完判决书之后就把自己的那部分财产一股脑全捐了,干脆利落,只带了两只养了三年的狗狗回国。

"啧啧啧……"吕年年听完女神的事迹不由得肃然起敬,这就是新时代广大女同胞的楷模啊。

"这样的女神你送包送香水都不管用的,要什么她自己不能买啊。"

"那怎么办?"梁凯很忧愁。

"这样吧,咱们还是走贴心暖男路线。来,姐姐带你做手工去!"

西装革履的梁凯坐在膝盖那么高的小板凳上,屈着双腿,一脸无辜地看着面前那一堆颜色各异的毛团和一排的刺针。

喜欢你，那么甜

"这是啥？"

"羊毛毡啊！"吕年年一边回答梁凯一边熟稔地和戴着围裙的店员小姐姐打招呼，看样子是常客。

"相信我，虽然外表这么潇洒干练，但是热爱小动物的人心里还是会喜欢萌萌的东西。"她拍了拍梁凯的肩，"你现在先去她社交软件的相册里找几张那两只狗狗的照片。"

梁凯乖乖听话，两个人并排坐在面窗的座位上开始"戳戳戳"起来。时间就这么流逝在针尖和毛毡的空隙里。

吕年年不是新手，不像梁凯一样一丝不苟、高度紧张地盯着羊毛毡，生怕扎到手。她一边机械地"戳戳戳"，一边时不时地抬头看看商场里形形色色的人。

突然，在吕年年第二十八次的抬头张望中，她在对面那家港式茶社里看到了一个熟悉的身影——贺轻昀。

"我去……"吕年年停下了手里的动作。

梁凯闻声抬头："怎么了？怎么了？"

但梁凯抬起头来并没有看到什么"大型家庭伦理剧现场"，那应该是吕年年看到什么认识的人了，又问："你看到谁了？"

吕年年痴痴地撑起下巴，慢悠悠回答他："乱我心者，今日之日多烦忧。"

梁凯于是顺着吕年年的目光看过去,一个穿着灰色衬衣、黑色长裤的男人坐在那边,体态优雅,隔得远远的也能看出样貌不凡。

他喷了一声,戏谑道:"厉害啊吕年年,难怪你没喜欢上我。"

吕年年拱拱手:"彼此彼此。"

"但那个女生是谁?看着像是要告白的架势……"梁凯默默地捅了吕年年一肘子,"情敌欸,你不去看看?"

"去啥去,静观其变!"

作为瑞济医院实力跟颜值并重的门面担当,但凡有什么业内活动,贺轻昀总是被票选或内定出席的那一个。

这周,贺轻昀又被临时告知周日需赴美代表医院参加一个学术峰会,并附赠了他一个难得清闲的周六。他原本是想借着这一整天的空闲做一个简易家常版的佛跳墙,也好录成视频慰劳慰劳微博上那些嗷嗷待哺的粉丝。

结果院里临时收了一个急诊,其他医生的行程早就排满了,除非硬生生加塞进去。贺轻昀只好留住脚步,重新穿上前一秒刚挂好的白大褂,准备做完这台手术再回家。

只是刚做完术前准备,他就收到了博导的一通短信。但约见地点既不是家里也不是实验室,反而是商场的茶餐厅。

贺轻昀想了想决定回电话过去问问,可是手机提示音却传来电子女声的播报，表示无法接通。

　　他不放心，正犹豫要不要过去看看的时候，连轴转了十几个小时的张恒面色憔悴地出了手术室。

　　大概是老教授的威压犹存，张恒一听是博导找他，立即惊恐万状道："你去吧你去吧，万一老头子有急事。这台手术不算难，我还能再战一会儿。"

　　张恒洗了把脸，掏出一块巧克力嚼起来。直至张恒面色好些了，贺轻昀才从手术室离去。

　　结果在茶餐厅贺轻昀等来的却是博导的孙女杨琬舟——这丫头肯定是偷偷用她爷爷的手机发的短信。

　　贺轻昀在心里叹了口气。

　　被骗来的贺轻昀神色不佳，问："说吧，什么事？"

　　"嗯……我现在，大四快毕业了，我想考蒋阿姨的研究生。"小姑娘期期艾艾道。叛逆期过了，脾气和胆量反而走向另一个极端。

　　"没问题，我可以帮你问问有哪些参考书目。还有别的事吗？"贺轻昀转着手里的瓷杯，一脸坐诊看病的冷峻感。

　　杨琬舟赶忙低头翻书包。

这时贺轻昀突然觉得有人在注视自己,他敏锐地转头一看,眯起了双眼——吕年年?

"这是我整理的部分资料,你可以拍给阿姨看一下吗?"杨琬舟从包里掏出了一个文件夹,示意贺轻昀打开。

贺轻昀将目光放了回来,翻开文件开始一页页地拍照。

小姑娘紧张地握起了拳头,脸上慢慢浮起红晕,呼吸急促,眼里波光粼粼。

再一翻页。

却是满纸粉色的荧光笔迹——小姑娘写的情书,旁边还配了可爱的小画。

杨琬舟屏住呼吸,盯着贺轻昀,紧张地等待他的回答。

贺轻昀面无表情地盯着那几张小画,想起了吕年年给他画的画,想起了刚刚他转头看到的场景——装饰可爱的羊毛毡手工店里,她和一个男人并排坐着,在他转过头去看的瞬间,他们立即伸手抄起一本杂志挡住了头。

面对面挡着,天知道杂志的背面他们在干什么勾当,太过分了!

贺轻昀的手背青筋暴起。

平静了一会儿,贺轻昀装作什么都没有发生,轻巧地翻过了粉

喜欢你，那么甜

色的那页，把之后的内容一页页拍完，说："好了，我回去会发给我妈看看，如果有补充信息我会发给杨老师。"接着起身要走。

杨琬舟慌忙喊住他："那！那个……你能给我个回复吗？"

"在此之前我想先问你个问题。"贺轻昀转过身来，站定在桌边，"为什么我给杨老师回电话无法接通？"

小姑娘有些羞愧地低下了头："我用爷爷手机发完短信后暂且把你拉黑了……不过我等下回去后会立即恢复回来的！"

饶是贺轻昀如此好脾气也被气得哭笑不得，但碍于长辈面子，他还是语气平和地给她留话："我们认识你的时候你十六岁，那时候你的任性大家都能原谅。但现在你已经成年了，轻重缓急心里该有数。你有没有想过，在你假冒你爷爷发信息的时候，有一位重伤病患正在争分夺秒地等待救治。"

杨琬舟愣住了。

杨琬舟当然听说过贺轻昀面对追求时候高冷无情的一面，但是她以为自己会不一样。她始终记得和贺轻昀第一次见面的那个晚宴，贺轻昀把被自己气得想动手的爷爷给拦下，还给她端来一杯用可乐和雪碧兑成的"红酒"。

"我今天心情不是很好，也许说话重了些，但还希望你的考研资料不只是为了铺垫你的告白而准备的。"贺轻昀叹口气，捏了捏眉心，将文件夹关上递还给她。

杨琬舟低头接过，几个吐息下来，她突然站起身，对贺轻昀发出最后的追问："其实你已经有了喜欢的人吧！她们说你用专业素养拒绝人根本就是借口，是吗？"

贺轻昀一愣，他不知道这小姑娘是从哪儿打听到的消息，但也有可能这就是女生们可怕的直觉。

他的目光越过杨琬舟，落到那一个小小的童话窗里，落到那用杂志挡脸欲盖弥彰的女孩身上，嘴角微微翘了翘："以前不是，但现在是了。"

有时候啊，人们追问得越深，被伤得也越深。

等贺轻昀走远，梁凯才悄悄地露出脸看了看那伤心欲绝的小姑娘，发自一个直男的内心问吕年年："你说说，你们女生是不是都喜欢这种对你们不屑一顾的男人？"可能是想起了他的女神和女神的前夫，不由得感慨。

而吕年年远远看着悲伤坐着的小姑娘，喃喃道："原来何玥没骗我，他真的是走高冷江直树路线的啊……"一边在心里感叹自己还好没有贸然告白，否则现在坐在那哭得这么惨的人就是自己了。

但是……吕年年又忍不住在心里回忆，他好像也没有对自己那么凶过啊。

喜欢你，那么甜

梁凯一边戳着羊毛毡，狐疑地看着吕年年突然流露出一种似喜还羞的神情，差点扎穿手指。

【贺轻昀：你今晚有空吗，有些资料需要你来医院一趟。】

吕年年脑中正痴痴地想着人家，猛然收到微信，吓了一跳，直呼没事别瞎惦记人。

她忙不迭回复：【有的，有的，我现在在外面，大概八点能到医院。】

接着一看手机，才发现已经七点多了，她只得让店员小姐姐一起帮忙把梁凯的羊毛毡收尾，再去楼下专柜蹭了个妆，连宰梁凯一顿饭都没顾得上就溜了。

晚上七八点，正是地铁最拥挤的时候。吕年年自知挤不上座位，早早地穿过人群站到了对面门那边去，好歹空间大些。

人在无所事事的等待中是最容易犯困的，所以大家无一例外地都举着手机浏览着什么。吕年年也不例外，至于她的浏览内容嘛，当然是"加餐饭社"了。

吕年年打开自己珍藏的文件夹，舒适地靠在地铁门上，戴上耳机重温那些经典剪辑。看得入神，忘了下一站是换乘线路，将是她这一侧开门。

视频看到了末尾,德彪西的一号阿拉伯风华丽曲如流水一般在耳中响起,遮盖了地铁的播报声。吕年年只觉得突然失重,整个人往后仰去。

她旁边的乘客没想到她真的完全靠在门上,纷纷伸手去拉她。吕年年自己也闭紧双眼扑腾着胳膊,她却结结实实地倒入了一个硬朗的散发着熟悉的木质香调的胸膛。

被吕年年张牙舞爪扯开耳机线的路人手机里同时外放出大声的韩剧音乐。

她颤颤巍巍地睁开眼,竟然看见贺轻昀正低头冲她挑眉笑。她才反应过来现在扶在她腰上的手是谁的,一瞬间红了脸,站直起来。

但吕年年不知道已经有小姐姐默默地把这个画面录了下来,激动地转给自己的小姐妹,品品这什么现实版的偶像剧片段!

吕年年窘得话都说不利索了:"贺医生,你、你怎么在这儿……"

贺轻昀刚好蹲下去帮她捡起手机和另一个女生的耳机,接着各自物归原主,然后把吕年年圈在臂弯和地铁座位的栏杆之间。

吕年年的呼吸都停滞了,僵硬得像个木头人。

"我家在附近,正要去医院。"贺轻昀言简意赅地回答她。

"我以为你在医院等我……"

贺轻昀笑了笑："如果是往常我肯定在医院，但是明天我要出差，所以今天医院放我一天假。"

吕年年点了点头。

贺轻昀又讳莫如深地看了她一眼，明知故问："你怎么从那个方向过来了？你家不是在2号线上吗？"

"啊……我今天跟朋友去商场了。"吕年年天真地以为她和梁凯隐藏得很好，完全没被发现。

"男朋友？"

"没有没有！就是普通朋友！他今天约我出去给他女神准备礼物来着。"吕年年急忙把自己给撇清，毫不犹豫就出卖了梁凯的小秘密。

"哦。"贺轻昀挑了挑眉，这个字音倒发得略有深意。

所幸这一站已经离医院很近，没过几分钟他们就离开了拥挤的车厢。重新和贺轻昀拉开了安全距离，吕年年觉得自己终于可以顺畅地呼吸了。

他们并肩走入医院大厅，吕年年已经习惯性地下意识接收那些来自四面八方的目光。

只是一回换一个样儿，这次的目光含义又不是戏谑了，而是——震惊？

也许是这次贺轻昀走在她身边,那些目光都收敛不少,让吕年年舒服了许多。她像浮夸的美食广告模特那样感叹,狐假虎威的感觉真好。

到办公室后贺轻昀并没有立刻坐下,反而提着手里的纸袋要往外走。

"我去送个东西,你在这里稍等一下。"

"那是什么啊?"吕年年没忍住问。

在地铁上的时候吕年年就注意到了他手里的纸袋子,里面隐隐约约是个白色的塑料盒子,不知道是什么。

"送给小病患吃的蛋糕。"

"咕噜咕噜——"

贺轻昀"蛋糕"两字话音刚落,吕年年就迫不及待地发出了身体回应。

简直没脸。

吕年年默默地转过身去,背对着贺轻昀挥挥手:"那你快去吧,我在办公室等你。"

贺轻昀笑了起来,问:"没吃饭?"

"嗯……"

喜欢你,那么甜

他于是又从门口折身回去,将白色便当盒拿出来放在茶几上,对吕年年说:"过来吃一点吧。"

她乖乖地在沙发上坐好,像幼稚园小朋友那样屏住呼吸等待开盖。

是一个完整的芋泥草莓千层蛋糕,手掌那么大,散发着美味的香甜。

看起来就很好吃。

这个蛋糕原本是贺轻昀傍晚在家做出来的,录了视频打算出差期间把成片剪出来上传。没想到阴错阳差地,让吕年年给吃了,为了"加餐饭社"的身份不被曝光,那个视频看来只能尘封箱底了。

他拿出餐刀正准备切一半下去,吕年年突然问:"没关系吗?我吃了小朋友的东西……"

小朋友应该等了很久吧。

贺轻昀笑了笑:"没关系的,下次我再买一个给他。"

不过甜点真的是治愈系的,吕年年之前还觉得广告美食模特的表情都拍得太浮夸了,但她不知道,当她吃下第一口蛋糕的时候,享受的表情和广告镜头完全一样。

贺轻昀看着有些欣慰,除了打发时间和交差之外,他好像找到了别的做料理的原因。

"太好吃了吧,你在哪家店买的啊?"吕年年裹着嘴问。

贺轻昀一愣,他倒是没想到这个问题,临时编道:"咳,这个没有实体店,是私人渠道订购的。"

"啊……"吕年年了然,现在确实很多独立手艺人都在朋友圈微店卖东西了,"难怪是用便当盒装着的。下次可以把名片推送给我吗,真的好吃!"

"嗯,我回头问问老板。"贺轻昀内心扶额,果然撒了一个谎就要用千千万万个谎来圆。

他带着另一半的蛋糕落荒而逃。

吕年年还不知道,这一局,是她"KO"了贺轻昀。

五岁的轩轩亲手打开了和贺叔叔说好的蛋糕——只有一半。

轩轩是一个成熟的小朋友了,他没有哭,抬起脸问贺轻昀:"贺叔叔,为什么这个蛋糕只有一半?"

贺轻昀蹲下来,说:"有一个女孩饿得肚子叫,叔叔就把蛋糕分了一半给她。轩轩可以原谅叔叔吗?"

轩轩歪着小脑袋想了一会儿,问:"她也是像我这样的小宝贝吗?"

贺轻昀笑了,揉揉他的脑袋,叹道:"是啊,她是我的小宝贝。"

喜欢你,那么甜

"那好吧。"轩轩和贺轻昀达成共识,表示谅解,"不过剩下的一半贺叔叔不可以赖皮哦。"

"一言为定。"

一大一小两人击了个掌。

这么一来二去,转眼已经晚上九点多了。贺轻昀表示他要送吕年年回家。

和之前不同,吕年年心想,既然已经确定自己喜欢上他了,不多待会儿岂不可惜。说不定这个合作结束之后,他们就再没有机会接触了。

于是,吕年年欣然同意。

脱离工作环境后两个人都比之前更放松了,坐在地铁上有一搭没一搭地聊天。

贺轻昀先是装作不经意看到了吕年年的手机锁屏,然后明知故问,实则在悄悄打探:"你的锁屏,是什么电视剧截图吗?"

吕年年低头看了看,是她从"加餐饭社"的视频里截下来的图,男人的一双手上沾了少许的面粉,一手撑在木质托盘,另一只手敲下一枚鸡蛋。

充足的光线洒满整个案台,勾勒出每根手指的阴影,修长优雅、有条不紊。随意挽起袖口的白衬衫和黑色围裙热烈地碰撞在围观者的眼睛里。

被粉丝们称为——料理台上的古典钢琴家。

"啊,这个啊。不是什么电视剧电影,是一个……嗯,美食料理自媒体博主吧。"吕年年解释道。

"你对料理很感兴趣?"

"我是对吃感兴趣,哈哈哈哈,我做饭非常一般。"

"所以他是你男神?"贺轻昀步步为营。

"算吧……"吕年年挠挠头,"但是网络和现实不能混为一谈。"

吕年年意在暗示,网上的男神不算什么,现实中的你才比较重要。

没想到聪明反被聪明误,这话落到贺轻昀耳朵里衍生出了另一层"网上的话只是说说而已,千万不要当真觉得这人在现实中也会这么讨人喜欢"的意思。他在心里默默下定决心,看来不能轻易"掉马"……

下了地铁后,贺轻昀像之前一样把吕年年送到家门口才走,只是他才走到楼道口就听到上方传来了跌跌撞撞的声音。

他本想转身借着月光看看,结果一个庞然大物直接落了满怀。

崴着脚的吕年年把头从贺轻昀胸口抬起来,但这回她顾不上羞

喜欢你，那么甜

涩了，焦急对贺轻昀说："我的猫不见了！"

"它叫旺仔，是一只橘猫。"吕年年从手机相册里划出照片给贺轻昀看。

小区里的灯光昏暗，还被多年不曾修剪的浓密树叶遮挡着，在小路上留下大块斑驳的阴影。

吕年年家住在三楼，不算高，有一棵老樟树的枝干几乎与窗台接轨。她今天离开的时候窗户似乎没关紧，大概旺仔就是这么跳到树上溜出去的。

也不知道它在外面多久了，如果不小心吃到了小区投放的鼠药，或者碰到某些有虐猫心理的人就糟了。

吕年年像孩子失踪的老母亲一样心急如焚。

贺轻昀一边宽慰她，一边陪着她一块找。

他们兵分两路，从门口的垃圾桶找到绿化带再找到儿童设施园都没有。吕年年把装在口袋里的猫粮撒出来，引来好几只流浪猫，甚至不远处还有别的野猫的叫声开始此起彼伏，在黑夜中有些瘆人。

吕年年蹲在地上看那些流浪猫进食，一面对它们说"帮我找找我家旺仔吧"，一面又想着，要是旺仔找不到了，就会变成这些流浪猫里的一员，每天吃不饱也穿不暖。

她顿时眼泪汪汪。

"你们家楼下有摄像头吗?"贺轻昀蹲在她旁边问。
"啊?"吕年年抬起迷蒙的泪眼,好像突然明白了什么,"我平常没注意……"
"我们先回去看看吧。"贺轻昀扶起她,"如果有摄像头的话我们可以去保安室调录像。"
"好。"
两人兜兜转转又回到楼下,抬头一看,摄像头是有,却安装在楼正面。至于旺仔出来的那面窗户外的那棵树,正好是摄像死角。

"完蛋了。"吕年年万念俱灰,往樟树上一靠,又忽然抬头一本正经问,"猫丢了能报警吗?"
贺轻昀陪她站着。
初夏夜晚的风吹了过来,有些凉意。在树叶被被吹得沙沙作响的声音里,好像听到了些别的声音?
喵声。
吕年年和贺轻昀一对视,确认两人都听到了。
下一秒吕年年立刻弹了起来:"没错!是旺仔的叫声!"
两人仔细分辨着声音的来源,绕着树找了一大圈,最后发现,

喜欢你，那么甜

这叫声，好像是头顶上传来的？

吕年年打着手电抬头一看——在树枝的丫杈里窝着一只委屈的橘猫。它耷拉着小肥脸，有气无力地叫着。

吕年年被气到破涕为笑。

十只橘猫九只胖，还有一只卡树上。敢情它根本就没有成功溜出去过，刚越狱出窗户就卡在第二步了。

猫是找着了，但是怎么把它抱下来成了问题。这个点儿物业早就下班，一时之间吕年年想不到还能上哪儿去找梯子。

偏偏这树吧，生得还那么端正，两米多高的大树干上一根分枝都没有，让人爬都无从下脚。

贺轻昀放下手里提着的纸袋，半蹲了下来，说："踩到我肩上来，我把你驮上去。"

吕年年考量了两秒，果断地把高跟鞋就地脱了，扶着树干踩到贺轻昀的肩膀上去。

她的脚和贺轻昀的肩中间只隔了薄薄一层衬衣，她甚至能感觉到贺轻昀隔着裤腿抓住她脚踝缓缓起身时候，整个背部连带着肩膀迸发出的肌肉感。

这绝对是"穿衣显瘦，脱衣有肉"的身材了。

再接下来吕年年就没空胡思乱想了，她紧张地攀着树干，整个身子保持平衡，最后双手把旺仔捞了下来。

可上去容易下来难。

当时吕年年是两只手都能抓着树枝，所以她鼓起勇气去抱猫。现在猫抱着了，腾不出手去支撑，她才后知后觉地害怕起来。

"贺轻昀……我不敢下来了……"她声音里好像带着哭腔。

吕年年现在正以杂技演员的动作站在贺轻昀肩头，她尽力将身子紧紧贴着树干。但她只要一离开树干往下蹲，身子就立即开始摇摇晃晃。

贺轻昀在下面说："你把旺仔抱好。"

"嗯……啊啊啊！"

吕年年本来颤颤巍巍回答着，话音还飘在空中，突然，贺轻昀出其不意地松开她的脚踝，伸手往她膝窝和背上一捞。

一阵天翻地覆，头晕目眩，再一睁眼，吕年年已经稳稳当当地被贺轻昀抱在怀里，旺仔也稳稳当当地被吕年年抱在怀里。

像俄罗斯套娃一样连环抱的三位，其中两位都被吓傻了。

贺轻昀轻轻把她放下，让她穿好鞋，牵着呆滞的一人一猫回了家。

回到家后的吕年年如梦初醒，红着脸把手从贺轻昀手里抽了出

喜欢你，那么甜

来，手忙脚乱地给他倒了杯水，然后借着客厅的灯光仔仔细细检查了一遍旺仔。本来只是想缓解气氛装装样子的，没想到旺仔真的受伤了。

"啊，它爪子被树枝划伤了。"只见旺仔胖胖的小肉爪上的指甲已经全部翻了起来，渗出几丝红色。

"你有急救箱吗？"贺轻昀放下水杯问。

对哦，这里有一个现成的医生啊！

"有有有！"吕年年放下旺仔，忙不迭起身去拿急救箱。

箱子一打开，贺轻昀都吃了一惊，他笑道："你这急救箱装备都赶上医院专业水准了。"

"何玥硬塞到我家的……"吕年年尴尬一笑。

贺轻昀了然地挑挑眉，他自己下属什么性格他当然再清楚不过。

旺仔今天大概真被吓惨了，又被挂在树上风吹日晒了一整天，筋疲力尽，连给它用酒精消毒的时候都只是轻微地动弹了一下，恹恹地趴在吕年年膝头，无力反抗。

贺轻昀坐在吕年年的侧边，时不时地瞥过她低着头的侧脸。她的鼻梁不算挺但是鼻头娇俏可爱，标准的鹅蛋脸在低头的时候又显得有些肉肉的。

就像——就像一只小猫咪。

贺轻昀心中一动,手上还在缠着绷带却突然开口:"我也想养猫了。"

"可以啊!"吕年年猛抬头,疯狂"安利","养猫超棒的!你喜欢哪种猫?布偶、加菲、英短、肥橘……"

"我喜欢你。"

咚!

咚咚!

吕年年整个呆住,手脚僵硬,心脏跳动的声音跟着血管涌上脑袋,像是在耳边开了一场最绚烂的烟花。

2018年5月28号,她被最想恋爱的男人,告白了。

04 奶油 / 南瓜汤

"喵呜!"最先出声的是旺仔。

它被夹在高度紧张的两人中间,一个扯得它尾巴痛,一个把绷带扎得太紧,它只好发声警告。

这一声猫叫打破了凝固的空气,贺轻昀率先反应过来,帮旺仔松了松绷带,接着站起身同依然呆滞的吕年年告别。

他故作轻松地摸了摸旺仔,解释道:"咳,我的意思是,我喜欢你的这只猫,很有灵性。"

吕年年微不可察地张了张嘴,然后什么话都没来得及说,贺轻昀就走了。

"咔嗒"一声门响,预示着吕年年终于回归了她熟悉的独处空间,她这才五感六觉重新回到身边。那张嘴发不出来声音的喉咙里像冒烟一样干涸,吕年年把旺仔往沙发一扔,捞起茶几上的玻璃杯就灌了几大口。

喝完了才反应过来,这是刚刚贺轻昀喝过的那杯水⋯⋯

吕年年捂脸,喉咙更干了。

所以刚刚那个,是在告白我,还是告白旺仔?

吕年年内心哀号一声倒了下来,趴在沙发上,和旺仔的小肥脸互相对着。

"要不你帮我把他勾引过来,成功了就给你买进口猫粮?"她对旺仔说。

她脑子里走马灯一样回放着她和贺轻昀相处的点点滴滴,每一次的相处,那十五分钟宿命一般的对视,地铁上的后背抱,爬树的"公主抱"⋯⋯

她不信!如果这都不是爱情,那什么是爱情!

吕年年伸手捶了捶沙发,然后开始撸猫下巴,可是旺仔并不懂主人心里的百转千回,它"喵"了一声,惬意地眯起眼睛。

等吕年年再回过神来,旺仔已经睡着了。也是,今天这么辛苦地在树上待了一天。想到这里,吕年年自己也有些困了,不由自主地打了个哈欠。

至于爱情……唉,先睡为敬吧。

与吕年年不同的是,贺轻昀这晚却并没有睡好。

他没有想到自己这么沉不住气,吕年年停了这么半天也没吭声,不知道她是太意外了还是不知道该怎么拒绝。

贺轻昀叹了口气,自嘲一笑,原来被告白的经验并不能当作告白经验用,好在最后蹩脚地圆了过去,真是不容易。以后还是对那些来告白的女孩儿友好点吧。

他边想着边将行李箱都收拾好,洗漱完平躺到床上。

但二十分钟后,他又翻身下床,在客厅转了几圈拖出瑜伽垫,做了好几组俯卧撑和平板支撑。大汗淋漓去冲澡,出来后更加睡意全无,他想了想又去书房把自己上学时候的《Braunwald 心脏病学》拖出来看,可是没看多久就刷起了吕年年的朋友圈和微博。

他戴上眼镜,用堪比上专业课的认真劲把吕年年提到过的所有她喜欢的小说、动漫、电影电视一个一个抄录下来,一部一部下载在电脑里。

直到天空泛起鱼肚白。

贺轻昀依然毫无睡意，拖着行李箱打车去了机场，一路上看着吕年年推荐的漫画和小说，登机后又打开电脑接着看"番剧"。

在机舱里，他旁边坐了一位旅行团的大妈。大妈吃着飞机上发放的小零食，同时频频瞥向贺轻昀和他的电脑屏幕，看着他看完一部日本动画又打开一部经典韩剧。

欲言又止，吸口气，还是欲言又止。

大妈摇了摇头，现在小伙子的爱好啊，真是世风日下。

加利福尼亚州，旧金山。

憔悴邋遢的青年走出武馆的门，海岸城市特有的阳光从他额前凌乱的碎发间直射进眼睛。他伸手挡了一下。

等他低头看向地上时才发现自己马上就要踩上一摊呕吐物了，于是他便以一种极其扭曲的姿态往旁边跳了下，避开了那摊污秽物。

却没想到踢到了草丛里醉酒的流浪汉，那人坐起来，骂骂咧咧，可是当他看到青年身上白色的功夫褂子之后，一秒熄了火，只是不甘地啐了声，重新躺了回去。

典型地中海气候的旧金山早晚温差巨大，青年顶着清晨耀眼但并不那么温暖的阳光，裹紧了自己的小褂子，一路小跑去搭湾区最早班的 BART（Bay Area Rapid Transit, 湾区捷运交通系统）。

喜欢你,那么甜

"韦斯利!"丹尼尔一听到鬼鬼祟祟的声音就知道是他,光着膀子从床上直起身子来朝他吼,"你什么时候能买套自己的西装!"

"等你能泡到护理院女神莉莉丝的时候!"被称作韦斯利的黑发青年见事情败露,也不再轻手轻脚,抓起正装三件套的最后一件外套就跑,还不忘用定型液喷下头发。

他身手敏捷迅速,一眨眼就消失在公寓的走廊里,徒留丹尼尔愤恨地捶了下床。莉莉丝是个身材火爆的金发妞,她只和高大健壮的各个球队成员交往,而他丹尼尔,还不够格。

没准韦斯利又是穿着他的西装去和哪个女孩约会去了,虽然他也不懂为什么一个连正装都舍不得买的loser(失败者)会这么受女孩子欢迎,见鬼!

为了方便,丹尼尔之类的学生一般都会将公寓租在离学校不远的BART(地铁)沿线,因为旧金山所有的学校都比较小,他就读的UCSF(加利福尼亚大学旧金山分校)也不例外,所以他们大多没有私车,通常是骑车或走路去上课。

可黑发青年刚走到公寓出口的街区,就被一辆黑色迈巴赫拦住了去路。

车上下来两个黑衣大汉,一左一右夹着他,替他打开车后座的门,以一种看似恭敬实则胁迫的语气对他说:"先生派我们来接您去会议现场。"

青年的脸色冷了下来,但他没有拒绝,还是上了车。

车前座的秘书转过身来递给他一个礼盒:"这是先生为您准备的服装。"

"我已经穿着西装了。"青年连个眼神都没有施舍。

位高权重的中年秘书看起来已经习惯了青年的做派,他微微一笑,没有对青年身上已经皱巴巴还散发着烟酒气味的外套多做评价,默默收回了那个礼盒,从口袋里拿出一个名牌递给青年。

"这是入场凭证。"

青年接过名牌,从此车内一路再无话。

这次的医学会议是由几家全球顶尖私立医院合力举办的,因此出手阔绰,给各国前来的医学精英安排了最好的住处。

贺轻昀就住在了和会议大厅同在一栋大厦里的酒店里,他保留着姗姗来迟的睡意下了飞机,直奔酒店,稍微歇息了两个小时后就换衣服下楼开会去了。

说是开会,其实就是让各家医院派来的代表站在台上轮流讲一下早就整理好的PPT而已。

例如贺轻昀所代表的瑞济医院,除了在世界医学界面前刷刷存在感之外，最主要的其实是为了得到世界先进医疗器械的试点使用资格。

但这种事情一般都是尽人事听天命，参与的医院这么多，多数都是早已内定好的名单，更多时候其实还是坐在台下听着就好了。

会议开到中午十二点的时候进入中场休息，大家开始挪到餐厅商业互吹。贺轻昀抵挡了好几批热情的问候，实在受不了了，端着点小吃默默退至角落。

只是他刚舀了一口盛在酵母酸面包里的蛤蜊浓汤，还没来得及喝，就听到身旁传来一个声音，说着流利的中文："中国人吗？'吃鸡'吗？"

贺轻昀转头一看，是个二十岁出头的黑发青年，穿着皱皱巴巴的西装，要不是胸前戴着明显的名牌，几乎所有人都会以为他只是一个餐厅的侍应生。

等等，名牌！贺轻昀又扫了一眼他胸前名牌上的字——Wesley Carter（韦斯利·卡特）。

贺轻昀挑了挑眉，问："是我想的那个卡特？"

他的言外之意自然是那家赫赫有名的卡特医院，也是这次会议的发起者之一。黑发青年秒懂，大大方方地承认："对，就是那个卡特，不过我是来凑数的。"

贺轻昀点点头，但不是任何一个代表卡特医院参会的人都可以姓卡特，这点他还是清楚的。

听说卡特医院的创始人是几代前移民过来的华裔，所以这个黑发青年是什么身份也可想而知。

但贺轻昀也没显得大惊小怪，他从容地掏出手机，登录《刺激战场》，和那黑发青年一起坐在台阶上开始"吃鸡"。

在角色跳伞降落的时候，那青年才想起来问他叫什么。

贺轻昀反问："中文？英文？"

"先说英文名吧。"

"Lucien He。"

"Lucien He？之前在柳叶刀上那篇关于先天法洛四联症儿童的论文作者 Lucien He？"青年有些震惊。

"是我。"贺轻昀微微点头，盯着手机屏幕，"回神，这里有敌人。"

到底是年轻人，一秒就回归了游戏情境。

"快快快快！掩护我！"

"八倍镜有吗？给我一个。"

……

事实证明他俩默契不错，第一把就大吉大利吃到了"鸡"。

"爽。"Wesley长吁一口气，伸直两条长腿把手往身后的台阶上一撑。

"不过，你那篇文章的数据真挺强的。"他扭过头对贺轻昀说。

"毕竟是世界第一人口大国。"贺轻昀笑了笑，"我们每人平均每周接的病人数能有你们一整个院那么多。"

"是啊。"青年把手机放回兜里，从餐盘里拿了两个纸杯蛋糕递给贺轻昀，"如你所见，我学医是被逼无奈。还没和你讲吧，我本科学的是计算机。"

"所以我根本不会开刀，在UCSF做的也是医疗大数据分析。"

"这也不错，院长通常都不会亲自上场做手术。"贺轻昀憋着笑调侃道。

"come on！"他捶了贺轻昀肩膀一拳，"人艰不拆啊。"

贺轻昀抵唇轻咳了一声，好心地没有告诉这位ABC，"人艰不拆"已经是好几年前的流行词了。

"那你中文名叫什么？"眼见着大家陆陆续续都要重新返回会议厅了，青年把剩下的蛋糕一口塞进嘴里，嘟嘟囔囔地朝贺轻昀开口。

"贺轻昀。祝贺的贺，轻松的轻，昀，嗯……"他想了一下该怎么给青年解释，"日字旁加一个均匀的匀。"

"我知道,纪晓岚纪昀那个'昀'嘛,小时候去中国度假的时候看过电视。"他云淡风轻地拍拍手里的蛋糕屑,"我中文名叫徐忘忧。"

"快乐无忧,是个好名字。"贺轻昀职业性客套。

"那你就错了,这名字我爷爷取的。"青年转头颇有深意地看了他一眼,"取自陆游的'位卑未敢忘忧国'。"

"……"

中国S市。

一觉睡到大天亮的吕年年刚睁眼又回忆起了昨晚的事,她连着翻了几个身,昨天没有及时来报道的纠结劲今天终于来找她了。

她从阳光明媚的上午一直纠结到暮色沉沉,就差把自己养的花都糟蹋完了——揪花瓣测爱情,八朵是喜欢,七朵是不喜欢。

那应该,是喜欢的吧……

吕年年最终决定去接机,顺便暗中观察贺轻昀和别人相处时是什么样子,好给自己找点独一无二的底气。

可叹何玥这个猪队友,要找她的时候人就不在,手机十几个小时都无法接通。

于是吕年年只能选择曲线救国,打了个电话去医院说要挂贺轻

喜欢你，那么甜

昀的号。

不出所料，护士小姐姐甜美地告诉她，贺医生出差去了。

然后她就顺理成章地问："那贺医生坐哪趟飞机回来啊，我好掐着时间等他。"

"是六一那天的 UA35X 号航班，如果女士不着急可以 6 月 2 号来医院。"

六月一日当天，离开儿童节十几年的吕年年阿姨一点都做不到亢奋地睁开双眼。

她设置了一个清晨五点的闹钟，为了防止自己起不来还用了学生时代老妈对付她的方法——把闹钟扔床底下，趴地上摸到了才能关。

可即使这样也还是没能让吕年年起床，她刺溜一下把自己整个头都缩进被子里，以隔绝闹钟的声音。

最后是被无辜吵醒的旺仔实在忍无可忍，一把跳到她床上，精准地透过被子找到她的脸，一屁股把她坐到窒息。

于是吕年年强撑着眼皮坐起来，自我洗脑：为了爱情！

为什么贺轻昀要一大清早的回来啊！

做面膜、换衣服、化妆，精致女人三连完美结束，吕年年踩着高跟鞋迈着小碎步终于赶上了最早班的地铁。

她住的离机场远,光是地铁就要坐一个多小时,等她小鹌鹑点头一般挨到终点航站楼的时候就已经快八点了。

本来再溜达一会儿就是正好能等到贺轻昀的,但吕年年到了机场之后才知道贺轻昀的那趟班机因为航空管控的原因延误了,不知道什么时候才能到。

她好巧不巧地穿了一双新高跟鞋,打脚得很,实在是站不住了,转身一看,盯上了一家正对接机口的咖啡厅。

吕年年从不做跟自己过不去的事,当机立断上楼,点了一份三明治和一大杯香草拿铁靠窗坐下。

等待的时间最难熬,她随手点开一本小说看,结果是本"种田文",越看越困。

至于香草拿铁纯粹就是饮料了,啥用没有,还不如奶茶喝了亢奋。

最终她还是拜托店员小姐姐等航班到港了再叫醒她,然后趴桌子上睡了过去。

"欢迎光临——"

上午九点,并不是什么节假日的机场咖啡厅门可罗雀。店员佩佩低头擦着杯子,眼角余光瞥到门口进来了一个人,于是习惯性地

先招呼了一声。

接着她才抬起头来,在看清来人的时候手下动作都不自觉地慢了几分。

进来的是一个男人,穿着最简单的休闲裤和衬衫,身边的拉杆箱上还贴着托运牌,大概是刚下飞机。不知道是从哪儿回来的,整个人都带着些阳光的味道。那人站在门口环顾了一圈,不知看到了什么,忽然就笑了。

佩佩在那一瞬间有种心脏被击中的感觉。

愣了几秒之后,佩佩才如梦初醒,慌张地把手上的杯子放下,跻身从柜台出去招呼他。

但是在她绕过门口的时候,又听到外面的播报声传了进来——啊!好像是那位小姐要求留意的航班到了!

她慌慌张张地转身回柜台拿起那张便条核对。

于是佩佩只能先忍痛不去理会那位客人,急匆匆地跑向正趴着熟睡的吕年年那边。

她站到吕年年身后,略弯着腰,刚想伸手叫醒吕年年,一只修长有力的手从旁边横插进来,礼貌又克制地制止了她。

佩佩抬头一看,是刚刚进来的那位客人,不知道什么时候走到了这边。

只见他对着佩佩报以歉意地一笑,又抬手在自己唇上"嘘"了下,低声道:"不用叫醒她了,麻烦给我一杯美式冰咖啡,谢谢。"

佩佩呆呆地看着他驾轻就熟地往那个女生旁边一坐,一边无意识地应下点单,一步一回头地朝柜台走去。

两个人认识吗?可惜看不清他行李箱托运牌上的航班号……

吕年年从没想过自己一觉醒来第一眼看到的人会是贺轻昀。

据说在高度紧张和疲倦的时候,人的睡眠有一段时间会陷入熟睡,连梦也不会做,紧接着脑子养分充足了,就会突发警报,在脑海中警示出最重要的那件事,人往往就在这时猛然睁开双眼。

但在这一秒钟的吕年年看来,她可能是做了一个梦中梦。

外头充足的阳光从机场整面的落地窗里透进来,铺在半个桌子上,像青春电影里的打光。

她耳畔的一缕头发被撩到一半,沿着那只手慢慢看去,是一杯喝了一半的咖啡,细密的水珠凝留在杯壁上,折射出闪烁的光芒。

还有一本摊开的机场杂志,顺着杂志再往上看,是锁骨半隐半现的衬衫领口,线条明朗流畅的喉结,弧度矜贵优雅的下颔。

——是同一秒也愣住的贺轻昀。

最终还是贺轻昀先她一步回过神,眼角眉梢柔和下来,像是有微风吹进了他的瞳孔里，水波荡漾，嘴角噙笑。

他将未完的动作重新完成，把那一缕头发缓缓拂到吕年年耳后去，内心满足地叹了口气。

贺轻昀的手指轻轻擦过她的耳尖，吕年年浑身激灵了一下，赶忙直起身子来坐好，看天看地就是不看贺轻昀，给自己开脱："那什么……咳，睡得还有点冷，哈哈哈……"

"是吗？"贺轻昀只看着她笑，"那你脸红什么。"

"有吗！"吕年年的眼神飘忽不定，"那……可能是睡觉压出来的吧。"

"不过，贺医生你怎么在这儿？"吕年年赶紧转移话题。

"刚出差回来，等人来接我。"

吕年年略过贺轻昀投来的那个意味深长的眼神，正儿八经地"哦"了声，接着装模作样地看了看手机，站起来说："我那个朋友说她换航班了，那我就先走了，贺医生。"

结果这次吕年年并没有逃跑成功，在侧身闪过贺轻昀身边的时候，她被人一把扣住了手腕，不用转身看也知道是贺轻昀。

他也站起身来，低头在她耳旁低语："你不是来接我的吗？"

倒有几分撒娇的意味。

"好吧……"吕年年闭了闭眼，投降道，"我确实是来等你的。"

吕年年又问:"可是你怎么知道我在这儿?"

贺轻昀笑了笑:"负责电话预约的人回过神来后怕有人来寻我仇,就把你电话给我了。毕竟问医生哪趟航班回来的病患……"他戏谑地挑挑眉,"前所未有。"

"寻仇?"吕年年抓偏重点。

"有时候因为各种各样的原因,患者即使得到了及时救助还是会一命呜呼。家属往往无法理解,觉得是医生没有医好,有的会直接闹到医院,也有的人会打探医生的私人行程暗中报复。外科医生尤甚。"

还没等吕年年消化这些医患纠纷的信息,贺轻昀就开口打断了她的思考:"走吧,我叫的车到了。"

贺轻昀的一本正经伪装得极好,他假装忘记自己还扯着吕年年的手腕,不仅如此,还顺势从手腕处滑到了手心轻轻牵着,另一只手则推着行李箱走出了咖啡厅。

而吕年年则亦步亦趋地乖巧跟在他身后,低着头的嘴角有丝忍不住的笑意,但手上一点力气都不敢用,生怕让贺轻昀反应过来他们还牵着手,然后放开。

一出机场,热气扑面而来,吕年年不由得眯起眼睛看路,无暇

喜欢你，那么甜

顾及其他。

直到上了车坐好，才听见车里导航仪说本次目的地是她家。吕年年猛地抬起头，又看见贺轻昀正将身子前倾，对司机说："麻烦中途在瑞济医院停一下。"

"你不回家？"吕年年有些惊讶。

"不了，中午还有一个病人。"

吕年年咋舌，贺轻昀真的太辛苦了，她本来还想说些带他去吃饭休息这样的话，可现在却说不出口了，因为或许还有一个人在等待最后活着的希望。

十几个小时的长途飞行是很累的，也许是身边的人降下了他所有的心理防线，贺轻昀轻而易举就被困倦打败——他竟然倒在吕年年肩膀上睡着了。

吕年年大气都不敢出，微微挺直了身子，想让贺轻昀靠得再舒服些。

不知道医院有没有什么不那么累的职位，或者干脆去医学院当个教授也不错啊。她低头看着贺轻昀熟睡的眉眼这么想着，有些心疼。

拐过最后一个弯，很快车子就停在了医院门口。

吕年年刚要叫醒贺轻昀，却发现他自己已经醒了，将身子坐直，对吕年年说:"不好意思,我睡着了。"

"没事,没事。"吕年年摆摆手。

早就有医护人员站在医院门口翘首以盼,贺轻昀刚开车门下去,小护士就拥了上来,满脸焦急:"贺医生你终于来了,快去看看吧,行李我帮你拿!"

贺轻昀点点头,大步流星地进了医院,接过小护士手里的白大褂,边走边穿上。

吕年年透过车窗望着他的背影渐行渐远,司机师傅一踩油门,带着她绝尘而去。

到家已经是中午,整个小区很宁静,吕年年在楼下打包了一份蛋包饭上楼,边看剧边吃饭,吃完饭便马不停蹄地开始画稿子。

眼看着天色渐晚,吕年年打开外卖软件的订单记录,随手点了一份最近的"再来一单",又继续埋头画。

不过二十分钟后,门铃就响了。

吕年年心想"今天这外卖还挺快的啊",于是随手拿起一支铅笔把头发挽起来为吃饭做准备,一边趿拉着拖鞋去开门。

结果一开门,是个脸蛋比她还稚嫩的女孩子,留着齐耳短发,手里拎着一个礼品袋,神色闪烁地盯着她看。

"请问是吕小姐吗?"

喜欢你，那么甜

"是我，请问你是……"

"我叫小梅，是瑞济医院的护士，这是贺医生让我交给你的。"小姑娘把手里的礼品袋递给吕年年。

"你特意跑一趟吗？这么远，要不进来休息会儿吧。"吕年年有些诧异。

"不用，不用。"小姑娘反而有些雀跃，笑了起来，"我本来就是调休要回家的，我就住你旁边那个单元。而且本来我八点才能下班的，现在还提早回来了，能赶上我妈烧饭！"

"好的，好的，谢谢你啊，那你赶紧回家吃饭吧，一会儿好吃的就冷了！"

"拜拜。"

两人挥手告别。

吕年年关好门迫不及待地回房间，愉悦又紧张地准备拆袋子，伸手进去却先摸到了一张便条，打开一看，是贺轻昀熟悉的字迹——儿童节快乐。

从这时开始，吕年年的傻笑就有些绷不住了。

接着再一拿出礼盒，入目是一个深蓝色的长方形盒子，在"万宝龙"的商标下印着《小王子》的插图。她缓缓将盒子打开，里头放着一支装饰精美的钢笔。

钢笔的笔管和笔尖上都镂刻着小王子驯养的那只小狐狸的花纹，笔夹上嵌着一颗金色的星星，甚至在笔帽上还刻了一圈法文。

吕年年直觉这是《小王子》里的一句话，接着用手机一搜，她顿时就又害羞又欣喜地捂脸倒在了床上。

那句话是——对我来说，你就是世界上独一无二的存在。

她按捺住自己扑通乱跳的心，点开微信，给贺轻昀发消息：【为什么送我儿童节礼物啊？】

【原本是为了找借口见你。】

吕年年没想到贺轻昀竟然秒回，看到回复的一瞬间心跳得更厉害了。

其实贺轻昀也是刚从手术室出来，只洗了个手，连手术服都没来得及脱就正好收到了吕年年的微信。

今天这个病患是个艾森曼格综合征的产妇，在孕晚期的时候就经常体力不支，今天上午突然发病，带动羊水破裂，直接被送进了医院。

巧的是医院人手不足，其他有能力保证产妇万无一失的医生都已经排了别的手术，只有一个刚出差回来的贺轻昀可以征用。

于是他刚下飞机不久就接到了医院的"夺命连环call"。

现在是好不容易保证了母子平安，妇产科的人还在里面忙着收

喜欢你，那么甜

尾，放贺轻昀出来休息十分钟。等会儿将产妇推回病房还得让他继续密切关注着，出差回来的第一晚看来只能住医院了。

贺轻昀疲惫地洗了把脸，将白大褂搭在臂弯里，穿着便服走出手术室。正巧看见热泪盈眶感谢着大夫的产妇丈夫，看到他珍重地在刚出鬼门关的妻子额头吻了吻。

他忽然有些想念吕年年。

于是本该让贺轻昀去吃饭补充体力的十分钟，被他用来靠在墙上打电话了。

"钢笔喜欢吗？本来应该亲自送给你的，但没想到医院里走不开了。"他尽量让自己的声音听起来不那么疲惫。

"喜欢啊！我超爱《小王子》的！"

贺轻昀笑了笑，他有时候觉得吕年年的声音像葡萄糖，虽然没有令人难忘的味道，但总是能在最紧要的关头给予他能量。

他顿了顿，垂下眼睫："一开始以为我只能借着送礼物的幌子才能见你一面，所以你今天能来接我，我很高兴。"他弯了弯唇，"如果你在下午四点来，那么我从三点就开始觉得很快乐。"

听着贺轻昀压低声音背《小王子》里的片段，吕年年觉得自己的脸又有些烧起来了。

于是她红着脸磕磕巴巴地回复:"虽……虽然我今天不小心睡着了,但是……我也觉得很快乐。"

贺轻昀翻滚在喉咙里的笑声从电流那端传来,低低的,却仿佛小猫爪子一样挠在人耳朵里,让吕年年欲拒还迎。

两人没有再说话,却都举着手机不愿意挂断,就这样任凭时间流逝在他们交缠的呼吸中。直到有护士来找贺轻昀,才打破了这段静谧的平衡。

挂了电话后,吕年年心潮澎湃,始终没办法继续专心画画。于是她将自己最好的墨水翻了出来,小心翼翼地抽入贺轻昀送的那支钢笔里,然后写起了久违的手账。

小王子和狐狸的图案随着笔尖的移动一直晃在吕年年眼前。

她发散着思绪,回忆起《小王子》里的大片段落,突然,她像打通任督二脉一样,瞬间挺直了身子,并且急不可耐地打了个电话给何玥。

"快快快,交给你一个任务!"

"什么啊,又是帮你堵你妈的嘴?"恰好何玥在夜班的间隙里啃苹果。

"不是——你能帮我打探一下,贺轻昀哪天有空吗?"

"你想干吗?"

喜欢你，那么甜

"我想驯养他。"吕年年斩钉截铁。

"……"

何玥一口苹果咬到一半差点把自己舌头给咬着："什么鬼！"

"你知不知道他今天托人给我送了一支钢笔？"

"废话。"何玥翻了个白眼，护犊子道，"小梅可是我手底下的人。"

"嘿嘿，这不是重点。重点是，那支笔上刻了一句话——对我来说，你就是世界上独一无二的存在。你说，这是不是他在暗示我？"

"……"

何玥吸了一口气，真的好想把贺轻昀在院群里承认追求吕年年的聊天记录告诉她啊，奈何迫于贺轻昀的淫威，还是作罢。

"那你就下周三来吧……那天他没有排手术，也不用坐诊，只要不是来急诊了就应该没什么事。"何玥翻了翻电子档案说着。

"好，爱你么么哒！"这回吕年年没等被何玥挂电话，先挂为快。

何玥："……"

再也不想"助攻"她了。

周三，晴空万里。

吕年年早已做好空等一天的准备，给自己抹上了最不容易暗沉的持妆粉底液，带着她的笔电和数位板踏上了前往医院的地铁。

结果快走到医院门口的时候吕年年又开始怂了，想打个电话给何玥让她帮忙确认下，结果没人接，估计又做手术去了。

"吕小姐，你来找贺主任吗？"在吕年年正徘徊之际，忽然平地一声起，直截了当地戳穿了她的所思所想，炸得吕年年从手指尖一路麻到头发丝儿。

她转头一看，好巧不巧竟然在医院门口碰上了Lily。

Lily拿着一盒冰激凌，熟练地蹭到吕年年伞下躲太阳。

"哈哈哈，是啊。"吕年年只得讪笑两声然后问，"贺医生现在在办公室吗？"

"啊？我不知道啊，贺医生叫你来没告诉你他在不在吗？"

"啊……我这不是怕万一他又被急诊叫走了嘛，哈哈哈！"

Lily吃完最后一口冰激凌，抬起眼睛想了想："急诊……应该没有吧，今天没看到担架抬人进来。"

"那就好，那就好，我先上去了，拜拜。"吕年年陪着Lily一路走到大厅，然后一人回前台，一人去乘电梯。

又回到熟悉的门前，吕年年还是决定先踮脚扒在门上的透明小窗上暗中观察一下情况，她上下左右地转了转视角，发现办公室里竟然没有人。

这样也好，她想，我就在办公室里等着他，总归他是要回办公室的。

吕年年一边这样想着，一边装模作样地敲了几下门，又担心被走廊路过的人看到，便飞速闪身开门溜了进去。

从出差回来的那天开始，几天下来贺轻昀只回了一趟家。上午帮好几个之前手术的患者复查了一下，都已经没有大碍，恢复得很好，中午才算是有时间去食堂悠闲地吃了一顿饭。

午后，贺轻昀久违地坐在办公室里翻闲书，玩手机。

进入六月了，天气逐渐热起来，厨房的大锅饭又做得齁咸，他总觉得自己的喉咙有些干痒。

没用多久，一整杯水就被他喝完。

贺轻昀松了松衬衫领口，叹口气再次站起身来端着杯子去接水，还没等杯子装满就仰头喝了起来。

就在这时，办公室的门响了。

他一口水堵在喉咙里上下不接，没办法及时说"请进"，偏偏饮水机还被书柜挡着，隔绝了门口的视线。

等他喝完水走出去时，才发现敲门的人已经非常不客气地直接开门进来了。

熟悉的黑色长卷发，棕色托特包。

还握着门把手的吕年年和端着水杯出现的贺轻昀面面相觑。

"……"

不知道该怎么解释的吕年年干脆利落地转身出去了，"咔嗒"一声把门关上。

我去！什么情况！刚刚看的时候里面不是没人吗！

吕年年靠在走廊墙上捂脸腹诽。

紧接着她就听见了开门声，但还没来得及转身看，电光石火之间吕年年只觉得被人一把扯了进去，然后门一关，再一眨眼抬头看，她已经被贺轻昀堵在了墙边。

咕咚！

吕年年不自觉地咽了口口水——这是"壁咚"吗？

"跑什么？"贺轻昀双手撑着墙壁，低头看向她，挑眉问。

"咳……我还以为你不在，想给你个惊喜来着。"

"什么惊喜？"

"你看到我来不惊喜吗？"这话一出吕年年又想钻地缝了，但能怎么办呢，说都说了，尴撩也得硬着头皮上。

她只能强撑着脸皮直勾勾地和贺轻昀对视。

贺轻昀一愣，没想到几日不见当刮目相看，什么时候这丫头竟然这么主动了。他被她逗笑，强忍住把她抱在怀里的冲动，说："好

喜欢你，那么甜

惊喜啊。"

"那我们，开始工作吧。"吕年年眨巴眨巴眼，抬起她装着电脑的包包，试图将相处模式拉回正轨。

贺轻昀松开手，直起身子，笑了笑，说："好。"

于是吕年年惊讶地发现，伴随着贺轻昀安静的翻书声和鼠标声，她的效率奇高。连着好几天无法集中精力的毛病不治而愈，大约是因为，乱她心神者此刻就在身边吧。

心中一稳，更是下笔如有神。

一晃几个小时就这么过去了，窗外的太阳落了大半，晚霞的颜色在世界尽头流满了整个天地。

吕年年有些累了，本想抬手揉揉眼睛，可是她刚把数位笔放下，手指就一阵抽搐，伸展不开。

"嘶——"疼得她倒吸了口凉气。

"怎么了？"贺轻昀闻声站起身来，赶紧走到沙发旁去看她。

"不知道是抽筋还是腱鞘炎犯了。"吕年年缓缓把手舒展开。

贺轻昀坐到她身边去，抬起她的手看了看，问："以前就有腱鞘炎？严重吗？"

"当时还挺严重的，不过已经打过封闭了。"

"你的腱鞘炎还没完全好，以后画一会儿就要记得休息，今天应该是抽筋了。"贺轻昀捏着她的手,一本正经地说,"我帮你把穴位揉开吧。"

吕年年忽然就笑了,用另一只完好的左手撑着下巴,打趣道:"贺医生,你们心外还学这个?这该不会是你们医学生版的'护手霜撩人大法'吧?"

有意思,贺轻昀挑了挑眉,笑问:"什么护手霜?"

"你不知道?"这回轮到吕年年惊讶了。

贺轻昀摇摇头。

吕年年叹了口气:"通常呢,有些女孩子会这样撩汉。"

然后,她低头从自己包里翻出一管水蜜桃味的护手霜,打开翻盖挤了一大坨在自己手背上,打算给贺轻昀做个演示。

"哎呀,不小心挤多了——"吕年年捏着嗓子学习经典绿茶音色,矫揉造作,"怎么办?分一点给你吧,不要浪费了。"

说着,她拉过贺轻昀的手,从自己手上匀了一部分到他手上,还趁机摸了两把。

贺轻昀只静静地笑看她表演,惯着她胡作非为。

可惜吕年年自身功力还是不够高,才刚摸人家两下就又有脸红的趋势了。

于是贺轻昀将计就计,将吕年年涂到自己手上的护手霜抹

喜欢你，那么甜

匀，笑着说："是啊，不要浪费了，也省得去拿按摩专用的润滑膏了。"一边说着一边将吕年年的手牵了过来，就着滑腻的护手霜帮她按摩。

  吕年年后知后觉地打了个激灵，她感受到自己的每条掌纹都被贺轻昀缓缓摩挲，他修长分明的手指在她的手指间穿梭、交缠、升温。
  他们的眼神碰撞在黄昏的原野中，暗示稍纵即逝的追逐与挑逗。
  伴随着水蜜桃味的护手霜散发出来的湿漉漉的香甜，像一朵少女藏在枕头下的隐秘的玫瑰。

  我爱你，你是否已知晓。

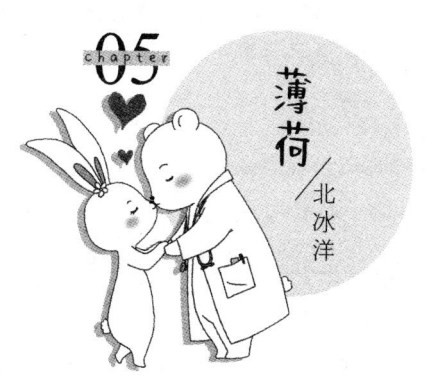

05 薄荷/北冰洋

何玥最近后悔了，悔得肠子都青了。她就不应该掺和她领导和她闺密的矫情爱情故事。

自从贺轻昀派遣小梅小天使般给吕年年送了那支钢笔之后，他好像突然察觉到了他们外科还有这么一棵好苗子——两耳不闻八卦事，一心只行圣贤医。

于是二话不说滥用职权，把小梅从何玥那儿调了过来，给自己当助手。

喜欢你，那么甜

何玥失去了这么一大帮手不说，给人家小女孩也累得够呛，上次见面小脸都瘦了，委委屈屈地跟她的何医生哭诉："我都一星期没吃到我妈做的热乎饭了。"

"小梅，13床的情况怎么样了？"何玥埋头翻着病历单，第102遍地忘我呼叫小梅，"小梅？"

另一个小护士走过来，弱弱道："何医生，小梅不是被贺主任借走了吗……"

"我又忘了……不行，我忍不了了！"说着何玥就气势汹汹走开去给吕年年打电话了。

而剩下的几个小护士还以为她往贺轻昀的副主任办公室讨人去了，面面相觑。

"何医生现在好刚啊，竟然敢直接去找贺主任理论。"

"身份不一样了嘛，贺主任不是在追她闺密吗，一跃成为'娘家人'，怎么着都够摆架子了……"

"那小梅应该留在何医生身边才对啊，一样的前程，不一样的累。"

"小梅那孩子还没开窍呢，全医院都知道贺主任在追吕小姐了，估计也就她还不知道。"

"唉，就是因为这样才被贺主任看上的吧，天可怜见。"
……

"喂？"吕年年气若游丝地出声。

一听就知道这丫头还在睡觉，何玥哀其不幸怒其不争："你还有心思睡觉，你和贺主任到底在一起了没有！"

"你问我，我也想找人问呢……"吕年年被何玥吼得瞌睡都醒了大半，翻了个身露出手来。

"难道他还没给你告白？"

"他说他喜欢我家旺仔，算吗？"吕年年缩在被子里也很纠结。本来都到这份上了她主动也没什么，但一想到要打直球，她就回忆起那天在羊毛毡店里偷偷目睹的告白翻车场面。

不怕一万就怕万一，她不敢面对那样的贺轻昀。

何玥只觉得快爆炸了，她感觉她现在去跑个一百米都可以破个什么纪录了，这两个人怎么这么磨叽啊！

"要你何用！"何玥直接暴走，一把挂了不争气的吕年年的电话，当真直接去了贺轻昀的办公室。

"贺主任！"何玥破门而入，结果发现贺轻昀好像正在和人打电话，他轻描淡写地抬头瞥了一眼何玥，她就啥也不敢说了……

喜欢你，那么甜

等贺轻昀打完了电话，他才问："什么事？"

"你到底打算什么时候把小梅还给我？"

"什么时候小梅不属于我外科了？"贺轻昀扬眉反问。

"行吧，那个，其实，我一点都不忙，就是孩子还小，你别太压榨人。"何玥这才反应过来她刚刚做了什么，挠着头顾左右而言他。

"你是在薛老手下做研究？"然而贺轻昀对何玥口不从心的话不置可否，手指点着桌面问道。

"是啊，怎么了？"何玥有点蒙。

他意味深长地笑了笑："没事，大概下周开始，你就会有一个免费劳力了。"

"……"

没有好奇心的何玥灰溜溜地走了。

转眼六月已过半。

还有两天就是端午，南方的天气开始炽热难耐起来，即使医院到处都开着空调，但每天跟着担架和轮床四处跑的何玥还是经常累到满头大汗，她觉得她现在就开始想念冬天了。

"何医生！18床的心脏又停跳了！"

早上七点，天已经大亮，但昼夜颠倒的何玥还在值班室里趴着，此时她刚睡两个多小时，正是人睡得最熟的时候。

一名小护士跌跌撞撞地冲进值班室，何玥闻声猛然睁眼，精神还没反应过来，身体已经先行一步站了起来，披上白大褂，马不停蹄地跟着护士跑了出去。

"急诊的刘医生已经在做心脏按压了。"

"没送手术室吗？"何玥跟着护士，见她没往手术室那边走，不由得问道。

"刘医生说来不及，已经让珍姐她们去推仪器准备床边手术了。"

"好。"

两人脚下生风，眨眼间就到了18床。

这个病人很小的时候就做过一次心脏手术，后来因为家庭原因没有及时复查。直到他完完整整上完了大学，学土木的他去工地巡查时被一根钉子划破了脚。因为伤口不深，他没大在意，只拿酒精消了下毒，可是一周后，他突然开始高烧呕吐，甚至陷入昏迷，同事这才把他急诊送进医院。

后来何玥检查发现他的主动脉瓣关闭不全，而那根并没有被他在意的铁钉上布满了细菌，这些细菌通过血管感染到了心脏，

喜欢你，那么甜

引发了感染性心内膜炎，又被闭合不全的主动脉瓣严重返流，造成心衰。

何玥赶到的时候，病人身边的监护仪已经接收不到他过于微弱的脉搏了。

"小程呢？叫他来接替一下刘医生。"由于长时间不间断的心脏按压，刘医生的额头已经沁出了密集的大颗汗珠。

小护士急急忙忙地跑去医生值班室，而小程又顺带着把张恒拐了过来。

张恒和何玥作为在场的老资历，一对眼神就确定了对方的想法——没有了体征数值就没有了手术实施的参照，现在只能一边进行心肺复苏，一边划开他的皮肤寻找动脉。

"穿刺导管和动脉管。"何玥和张恒两人低着头朝后方伸出手。

"不行，我插不进去，他的动脉管已经完全瘪掉了。"何玥眼睛盯得有些生涩，鼻头发痒但完全不敢腾手去挠。

张恒也未果。

心肺复苏的按压再有规律，整个躯体也是晃动着的，在这种大幅度的持续摇晃下要将导管穿进去，太难了。

旁边的小护士反倒是急得团团转，问："要不把贺主任叫来试试？"

张恒说:"来不及的,他还在手术室里没出来。"

突然,一直在做心肺复苏的小程停了下来,他怔怔道:"他……心脏完全停跳了……"

何玥和张恒抬起头才发现,果然……

"愣着干什么,继续按呀!"何玥一把挥开小程的手,自己接替了上去。

张恒观察了片刻,知道他已经不行了,叹了口气,摘下手套。

但何玥和他们不一样。

这个病人从入院开始就被收在何玥名下,她是最想救活的人。

不知不觉已经早八点了,正是一座城市开始复苏的时候,医院的人渐渐多起来。来排队挂号的,住院起床的,还有外面街市上嘈杂的早点摊和车流。

仿佛人一多,阳光普照大地,很多东西就变成了芸芸众生里的一粒尘埃。有无数人诞生,无数人死亡,无数人来,也有无数人走。

于是在那个角落里锲而不舍的医生和病人也逐渐被人忽视,其他的医生都走了,护士也开始忙了起来,分身乏术。甚至连凉薄的远亲也默认了一切。

但何玥对这一切都没有察觉,只想尽全力再让这颗心跳动起来。

喜欢你，那么甜

她感觉自己的手开始僵硬，已经控制不了节奏。

"我来吧。"

何玥的手被人推开，一双宽阔有力的手以标准姿势交叠起来，按上病床上人的胸口。

她愣了愣，是一个背着黑色休闲双肩包的男孩，很年轻，穿着校园里的白T恤和牛仔裤，身旁还带着一只风尘仆仆的行李箱。

他的脸被略长的黑发挡住了，乱乱地堆在头上，身上有阳光的味道。

这人突然闯进了何玥的角落，让她重新退回到旁观者的角度，她看着病人、一动不动呼吸机和监护仪，碰到了他裸露在外的逐渐冰凉的皮肤。

何玥冷静下来，握住那个帮她做心肺复苏的男生的手腕，说："好了，停下来吧。"

然后何玥转过身去，没再管那个年轻男孩，收拾起仪器，填写正式的死亡通知单。

等她机械地忙进忙出，做完了手头所有的事，她才后知后觉地发现好像有人在一直跟着她。

何玥突然停住脚步唰地转身，跟在她身后的男孩脚步一顿，然后因为惯性往前倾了一下。

"干吗一直跟着我？看病去挂号，看人去住院部。"

"嘿嘿……"黑发男孩咧嘴一笑，露出浓密的眉毛和洁白的牙齿，"看你太忙还没来得及自我介绍，我是从 UCSF 来这里做研究的 Wesley，你也可以叫我徐忘忧。"

何玥有点不明所以，迟疑地伸出手准备先握手打个招呼先。

结果那男孩突然往前一迈，一把从何玥的肩背处揽了过来，把她抱了个满怀。

熊抱一触即分，他灿烂地朝何玥笑："师姐好！"

何玥除了看病，几时和男孩靠得这么近过，直接愣在了当场。等再回过神来，她就接到了薛老发来的消息，说是要把这个小伙子当自己手下的实习生一样带着，让他接触各项病例和病理，却不能让他上手术台。

"不做手术？"何玥抬头，有些惊讶。

"我学的不是临床，是临床数据分析。"

"哦。"何玥了然地点点头，心想难怪，否则 UCSF 的学生何必来瑞济实习。

"怎么东西还没放好就来报到了？"一旦"认祖归宗"了，何玥就立刻有了当师姐的自觉，开始习惯性地操心起来。

男孩推了推行李箱把手，无辜道："我刚回国，还没找住的

喜欢你，那么甜

地方。"

"家不在 S 城？"

"我是三代移民，家在美利坚。"男孩眨眨眼。

"唉……"何玥叹口气，"行吧，那我帮你找找医院宿舍还有没有空位。"

"谢谢师姐！"

不愧是外国长大的小孩，嘴真甜。

对于何玥来说，这个燥热的夏天终于开始送来凉风习习，令人心旷神怡起来。

阳历六月十八，端午节，瑞济医院一群休不了法定节假日的医护工作者们却迎来了一次狂欢。

【隔壁老张：亲们，今天有空就去总台领喜糖哈！】

【24 小时 oncall：什么喜糖？谁结婚了？】

【隔壁老张：我结婚了［害羞］】

接着就是一溜儿的震惊加祝福。

即便是贺轻昀也对此一无所知，他刚在微信群里看到消息，正想打电话给张恒道贺，结果办公室门被人一推，张恒直接捧着喜糖进来了。

"来来来，吃糖，吃糖。"张恒人逢喜事精神爽，头顶稀疏的头发还破天荒地抹了点头油上去。

贺轻昀接过糖，戏谑地打量他："什么时候谈恋爱的，这么不声不响。"

"唉，没恋爱。"张恒摆摆手，"我俩是相亲加闪婚。"

士别三日，刮目相看。

张恒本来就是紧着晚饭点发的消息，坐在贺轻昀办公室说了没两句话天就黑了。外头华灯初上，夏天的街上烟火气满满。

"现在没手术吧？走，出去喝两杯。"

难得放松，贺轻昀便起身跟着张恒去了外面的夜宵摊子上。

"说说吧，你的命中注定。"贺轻昀起开一瓶啤酒，倒在两人杯子里。

"前段时间我不是要买车来着吗，都已经订好了，结果我妈非说那个颜色不好看，让我换一辆。可是人家那车都到路上了，提到一半我说要换，4S店小哥说他做不了主，就去他们店长办公室给我拿了一张名片，说让我直接联系他们店长。"

张恒喝了口冰啤酒，满足地叹气："第二天我打了电话约见面，没想到店长约我去了咖啡厅？我一看，赚了！一开始我以为接我电话的是店长的秘书还是啥，没想到店长真的是个女的，那身材，那

喜欢你，那么甜

气质……《海贼王》里的波雅你知道吧。"

贺轻昀听得津津有味，比桌上的锡纸烤鱼还有味。

"然后我一坐过去，她就问我姓名、年龄、婚恋史，户口簿上几口人。我当时就蒙了，还以为现在出了什么买车严格审查的新政策，就一五一十地说了。结果你猜怎么着？"

贺轻昀摇摇头，适时老板把刚烤好的一把串放进他们的托盘里，油声滋滋，香气弥漫。

张恒一拍大腿："是4S店那小子拿错了名片！他给我的是他们店长相亲专用的私人名片！"

"哎，总之最后就这么阴错阳差地成了，她当场就问我什么时候可以结婚。我说，啊，端午节吧。她就说好，最后抱了我一下才回去的。"张恒撸着串双眼迷蒙，好像还在回味那天的温香软玉在怀。

贺轻昀哭笑不得地在他眼前晃了晃，提示他回神："那你已经办完婚礼了？"

"还没呢，明天跟她一起坐车回她老家办。所以这一个星期，你要多忙了。"张恒拍拍他的肩头。

"有嫂子的照片吗？"

"有啊。"张恒低头划拉划拉手机，传给贺轻昀看，"前段时间刚拍的婚纱照。"

贺轻昀看了看照片，白色的鱼尾纱裙勾勒出新娘丰腴有致的身材，看神情样貌应该是那种说一不二的职场女性。

在传统的观念看来，她并不是温顺的贤妻良母的最佳选择，但对于张恒来说——

他看着张恒站起身跟老板要了两个烤茄子，细心地吩咐一个多蒜，一个少蒜。

他笑了笑，对于张恒来说，应该是甘之如饴。

张恒加完菜重新坐回来，跟贺轻昀碰了碰杯。

"你呢？你追的那姑娘怎么样了？"

贺轻昀笑着摇摇头，没说话。

张恒叹了口气，以过来人的口吻劝慰道："感情这事啊，就是一个说破的过程，两个人里一定要有一个主动的才行。一看那姑娘跟我媳妇就不一样，老贺，你自己要加油啊。"

贺轻昀笑了，将酒满上，主动敬了张恒："祝你白头偕老，百年好合。"

张恒喝得比较多，也许是太兴奋了，有些飘飘然："兄弟，不要怂啊，不就是告白吗，没有女生舍得拒绝你的。"

贺轻昀不置可否地点了下头，算是回应。

两人又聊了一会儿，直到张恒接到他准媳妇催他回家收拾东西

喜欢你，那么甜

的电话，他们才起身分别。

回到医院后贺轻昀先是问了一下值班护士，询问在他走的这段时间医院有没有什么事，然后才回了自己的办公室。

夜凉如水，他没有开空调，只是将窗户打开，于是楼外的声音更加清晰地传来。

贺轻昀静不下心来，他在办公室里踱来踱去，思考着张恒刚刚和他说的话。

两个人中总有一个要先开口。

但是想想过于冲动的在吕年年家帮旺仔包扎的那次告白，贺轻昀内心又有些复杂。如果这次，吕年年还是没有回答他，他又该找什么理由搪塞过去？

不行，还是得万无一失才行，爱情当然也是留给有准备的人。

贺轻昀思索片刻，心生一计，坐回办公椅上，打开了电脑里的Matlab（美国MathWorks公司出品的商业数学软件）。上次那个失败告白后的不眠夜终于发挥了作用。

深夜十一点，是该吃夜宵的时间了。

何玥摸摸自己瘪瘪的肚子，弯腰从快递箱里捞了两个粽子出来。这是奶奶托人寄过来的。几十年了，何玥吃不惯任何地方的粽子，只爱吃奶奶包的。

她准备带着粽子去食堂微波炉热一下，结果走到走廊上迎面就碰到了拎着薯条和比萨回来的徐忘忧。

"师姐吃吗？"他冲何玥笑了起来，趿拉着夹脚拖鞋，穿得像刚打完球回来一样，仿佛这不是医院走廊，而是寝室走廊。

"你就吃这个？"何玥不由得发出了中国式母亲般的叹息。

徐忘忧眨巴眨巴眼，没觉得哪里有问题。

何玥摇摇头，然后把孩子一起拉去食堂热粽子了，最后一人捧一个回到何玥办公室。

"粽子嘛，我吃过啊。"徐忘忧坐在方凳上，用手戳了戳那个绿色的三角形。

"你家也包？"何玥问。

"在唐人街吃过。"查验过粽子不烫手后徐忘忧才把它拿了起来，埋头研究怎么解绳子。

"那肯定不好吃。"何玥言之凿凿，"这种东西，只有家里做的才好吃，这就是中华美食的魅力。"

何玥一边说着，一边虎口夺粽，阻止了徐忘忧想用牙把线咬断的念头。她轻巧地找到活结的关窍，轻轻一拉，那绳子就自动脱落了，再一扯粽叶的两端，一颗白白嫩嫩的粽子就露了出来。

喜欢你，那么甜

徐忘忧哪看过这个，一瞬间被何玥行云流水的操作给惊呆了。

两人狼吞虎咽，干完了粽子又开始分比萨。

大概是新鲜血液的缘故，徐忘忧一边大快朵颐地吃夜宵，蚊子也一边在他身上觅食，不多时身上就鼓起了一个个红肿的大包，瘙痒难耐。

何玥察觉，起身把窗户关牢，打开了空调——这样蚊子会少一点。

走过徐忘忧身边的时候，她闻到了一阵清爽的香气，像花露水，但又不太一样。

她问："你身上喷的是什么？"

"啊？"徐忘忧从食物堆里迷茫地抬起头来，"蔚蓝啊。"

蔚蓝是香奈儿旗下一款经典男香，徐忘忧从小在国外长大，身边的同学也多是白人，他们体味重，惯用香水。一来二去地，他也养成了随手喷香水的习惯。

"蔚蓝？"何玥皱着眉重复了一遍，脑海搜索未果，喃喃自语，"我怎么没听过这个花露水的牌子。"然后拍拍徐忘忧的肩，以充满慈爱的目光看了过去，"你肯定是买到盗版了。"然后弯下腰去，从最下层的抽屉里掏出了一个绿色的塑料瓶，拔开盖子就朝他滋了起来。

何玥指指手中的瓶子:"看到没,以后要买请认准这个——六神。你那个肯定是盗版,难怪蚊子总咬你……"

徐忘忧眨眨眼:"哦。"

夜晚的时间过得尤其快,一眨眼已经半夜两点了,途中何玥去了两趟ICU,回来后发现徐忘忧竟然还待在她办公室。

"你怎么还不回去睡觉?"何玥问。

"睡不着,我倒时差。"徐忘忧刚好玩完一局手机游戏,抬起头来。

"行,那你待着吧。"何玥挥挥手,往柔软的办公椅里一坐,直接趴在桌子上睡了。

"你不去休息室睡吗?"徐忘忧见状问道。

医院通常会给需要在医院通宵工作的医生配备休息室,像是学生宿舍那样的房间,国内一般叫值班室。

"不去了……到时候要是那个病人有事我还得从床上爬起来……"何玥把脸埋在臂弯里,声音闷闷地传出来。

秒睡了。

徐忘忧有些愣住,在他名叫Wesley的大洋彼岸,医生是一份非常高人一等的职业,医院总是想方设法地开出各种条件来留住好

喜欢你，那么甜

医生。他从来都不知道，真的有人是心甘情愿、任劳任怨地为患者服务的。

而且，不仅仅是为患者服务。

他家是三代移民，爷爷保留着中国传统的礼教家法，他爸爸受够了这些礼法的教育，想要在他身上进行西洋式的散养教育，却画虎不成反类犬——在感情成长上过分不在意，却又摆脱不了爷爷留给他的影子，在孩子的人生规划上强势不容忤逆。

那种外表斥责实则是宠溺的呵护，是他从小到大都不曾有的。

而如今……

他看着趴在桌子上熟睡的何玥笑了起来，起身帮她关上了刺眼的白炽灯。在深蓝的夜色中他闻到了清凉的传说中的花露水香气。

比"蔚蓝"更好闻的味道。

徐忘忧坐在何玥办公室门口走廊的长椅上玩手机，一个小时过后，值夜班的护士走了过来。

她伸手刚想要敲何玥办公室的门，但还没来得及发出声音就被徐忘忧阻止了。

护士抬头看着这个今天早上刚到医院来的年轻男孩，充满了好奇。当然，女孩的好奇心都只针对于帅哥。

"怎么了？"徐忘忧问，笑得阳光灿烂。

护士小姐姐回过神来，磕磕巴巴地答道："啊……哦，那个，那个病人的各项指数都比较稳定了，我来通知何医生可以放心去休息。"

"那不用叫醒她，她已经睡着了。"

"好……"

何玥累得连梦都没有做，久违地睡到被阳光照醒。

她眯着眼睛适应光线，然后才发现了哪里不对劲，噌地坐了起来，差点撞上上铺的床板。

昨天晚上不是在办公室睡着的吗？怎么一觉醒来睡在值班室了？

何玥跌跌撞撞地跑了出去，抓住一个值班护士问。

护士台的小护士们一看到她就捂嘴笑了，躲躲藏藏的。最后还是一个年龄稍大些的护士问她："何医生，昨晚那小帅哥是不是你男朋友啊？"

"怎么可能！他是过来我们医院实习的，薛老师让他跟着我而已。"

护士姐姐意味深长："那他昨天晚上为什么要把你从办公室一路抱回值班室休息？"

喜欢你，那么甜

"！！！"

何玥眼珠子都要惊掉了。

"那什么，我先去查房了啊……"何玥落荒而逃。

下午有一个手术，何玥穿戴整齐手术服，刚准备取刀开胸，转身就看见了来凑热闹的徐忘忧，差点一口气没提上来。

跟她这台手术的是严肃的护士长大姐，大姐不认识徐忘忧，皱了皱眉，说："把他'叉'出去。"

徐忘忧听完就像一只被斥责了的小狗，感觉浑身的毛和耳朵都瞬间耷拉下来了。

何玥最受不了这个，护短道："耿姐，让他待着吧，他是我师弟，也是跟着薛老的，昨天刚到医院来。"

徐忘忧侥幸地留了下来。

等何玥忘我地做完手术，出了手术室，才想起来还有一只"小狗"在跟着她。但她也只能装作没察觉，否则要是突然说到昨晚的事该怎么回答。

但是徐忘忧没打算就这么让她走了，问："师姐去哪儿？不吃饭吗？"

她只能转过身来："呃……我回办公室，写术后报告。"

"我已经帮你写好了。"徐忘忧嘿嘿一笑，"到时候你检查一下没问题签字就好。"

"现在，去吃饭吧。"他一大步走过来瞬间就和何玥齐平了，一手揽过她的肩头，生生给她掉转了方向。

何玥最终还是拗不过他，陪着一起去了食堂。

徐忘忧自顾自地去取餐盘，但何玥还是老规矩直接走到窗口要了一杯粥喝，然后随便选了个位置坐下，边喝粥边抽空刷刷网络上的各种消息。

她双手都在划着手机，把粥放在桌子上，想喝的时候就低头吸一口。

突然，脑袋顶上传来一个声音："你就打算只喝这个？"

"是啊。"她条件反射般地回答，然后眼睛依然盯在屏幕上，凭感觉低头喝粥，可是嘴下一空——一只手伸了过来强行把她那杯粥端走了。

何玥顺着动作抬头看去，只见徐忘忧拿着她的那杯粥毫不客气地吸了一大口。

他把手里打的三荤一素一汤放在何玥面前，说："那我跟你换换。"

"？？？"

何玥觉得莫名其妙，虽然这小孩面无表情的时候还挺吓人的。

喜欢你，那么甜

"别闹了……"她打圆场道，打算起身再去买一杯，结果刚想站起来就被徐忘忧强行按了回去。

他一改刚刚死鱼眼，又笑得阳光灿烂，甚至还有点无赖："师姐再买多少杯我也可以喝掉，要么，师姐不介意我喝过的？"

他把手里的粥重新递到她面前，那根吸管上反射着水光，还在管壁上挂着一颗熬到开花的红豆。

何玥才反应过来刚刚徐忘忧是喝了她喝过的粥……

要死了……何玥捂脸。

"你一直黏着我到底想干吗啊？"何玥终于忍不住问了出来。

徐忘忧坐到她对面，撑着下巴认真说："我想泡你。"

"咳咳咳咳……"何玥一口汤直接呛了出来。

现代汉语显然没学好的徐忘忧把昨天港片里看来的话现学现用，念得一本正经、深情无比。

不愧是美国来的孩子，才认识第二天就打直球了。

但我们保守的何医生哪经得起这个，撂下筷子就想跑。

结果又被徐忘忧给阻止了，他说："你先吃饭，我回去看球了。"说着端着从何玥那儿抢来的红豆粥转身走开了。

何玥默默地坐在座位上吃饭，心跳如鼓，夹菜的手抖得连块肉都夹不上，这根本不是一个外科医生该有的素质。

她终于理解了吕年年先前的惊慌无措，还是得哪天抽空找闺密唠唠，她想。

　　而另一边的贺轻昀在各种繁忙的间隙里争分夺秒，终于做出了他想看到的"告白大捷概率图"。

　　但他不知道的是，爱情这件事在未来会怎么发展，是再精妙的数学和仪器也算不出来的，它不是"万事俱备，只欠东风"的方法论，也不是春种秋收的等价论，但它又会在你没有任何防备的时候突然降临。

　　它在你心头骚动，摆布你，诱惑你，像洛夫的夜晚草地上的水声，也像聂鲁达在春天停留过的那棵樱桃树。

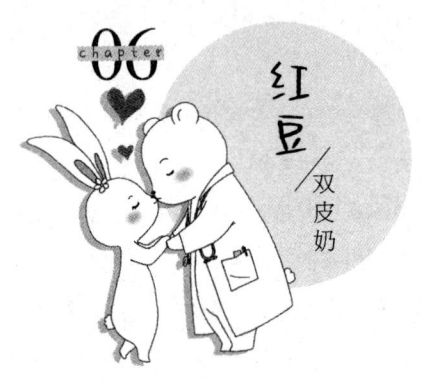

chapter 06 红豆/双皮奶

吕年年没想到自己也有这么招人惦记的一天，被何玥和贺轻昀两人先后联系。

贺轻昀找她大概是因为那个医学插画合作项目的一稿已经完成，也该核对核对了。但何玥竟然也忧心忡忡地找上了她，吕年年表示很惊奇。

由于八卦之魂在燃烧，所以即使贺轻昀约她的时间是下午，但她上午就急不可待地去了医院，准备去找何玥，问清楚她怎么了。

"吃早点了没？"

吕年年刚出电梯就碰到了在走廊上拎着大袋小袋的何玥，定睛一看全是热气腾腾的早点，什么鲜肉包、蒸饺、油条、豆浆、炒面、茶蛋，甚至还有鲷鱼烧、华夫饼、三明治和牛奶、咖啡。

"什么情况你……这满汉全席都不止了，中西合璧呀。"吕年年围着何玥转了几圈，啧啧称奇，"你不是救了谁全家吧，现在病人家属都不送锦旗兴送早点了吗……"

说归说，但吕年年一点没跟何玥瞎客气，挑了鲷鱼烧和豆浆出来，又叼走一个鲜肉包。

但还没等何玥回答，旁边突然蹿出来一个小护士，顺走了那盒炒面和牛奶，笑得贼兮兮："吕小姐，不是病人家属，是'家属'——"

尾音咬得又重又长，一听就知道有蹊跷。

何玥眼疾手快地用刚剥好的茶叶蛋去堵人家嘴，欲盖弥彰："别瞎说啊你们！"

小护士又得了个茶蛋，心满意足喜滋滋地走了。

剩下吕年年眯着眼把何玥搂了过来，拷问道："嗯？小玥玥，你什么情况啊？家属是啥意思？"

何玥喝了口咖啡，解释道："哪儿来什么家属啊，前些天刚分配给我带的一个师弟而已。"

喜欢你，那么甜

"所以这些早点都是他买的？"吕年年问。

"嗯……"

"这么殷勤——"吕年年刚起了个头，还没来得及戏谑一通，就被另一个声音打断了。

"是何大夫吗？"

吕年年和何玥都一愣，闻声看去。

一个操着浓重乡音的中年男人站在那儿，在汗衫外披了一件不知穿过多久的迷彩外套，黑色的裤子一点也不合身，裤腿堆积在脚边，沾上了星星点点的泥渍。

他的神情严肃得可怕，脸是长年累月在外风吹日晒出的酡红和沟壑，却又笼罩着一层灰败的气息，耷拉的眼皮下是一双布满红血丝的眼睛，眼白混浊，胡楂也已经是密密麻麻。

"是我。"何玥回答他，但又有些莫名其妙。

"那你还记不记得刘伟东？"那个男人死死地盯着何玥，可他说出来的话含混不清，再加上口音的问题，何玥一时之间没有听明白他在说谁。

靠近了之后，这个男人一开口吕年年就闻到了他身上浓重的酒味。她皱了皱眉，觉得不太对，但还没来得及让何玥注意，那个男人就突然暴起了，大喝一声把何玥重重地推了出去。

"啊!"

惊呼声四起,有何玥自己的,吕年年的,还有路人的。

离何玥最近的吕年年眼疾手快地去扶何玥,但力气太小,不但没有拉稳她,反而和何玥一起被推得退了几步,摔坐在地上。

那些袋子里的早点也撒了一地。蒸饺全滚了出来,三明治里的沙拉酱和菜叶被挤出来,蹭得地面花花绿绿,还有她们手里的豆浆和咖啡,从手腕泼到衣角,最后全部流到了地上。

一片狼藉。

然而,还没等吕年年和何玥重新站稳,那个男人又捏紧拳头冲了过来。这次大家都反应过来了,旁边的护士们一拥而上,帮着拦住他。

但一群女人也拦不住一个发狂的以卖力气为生的壮年汉子。

"快去叫保卫科!"年长点的护士大姐对医闹已经司空见惯。

于是走廊开始真正乱成一团,喧闹声十几米外就能听见。一群人扭在一起,靠在走廊上的好些空氧气瓶也被撞倒在地,"哐当"一声把那些包子、饺子砸了个稀巴烂。

何玥和吕年年躲在人群中心瑟瑟发抖,吕年年问:"什么情况啊?"

何玥苦道:"我不知道哇!"

喜欢你，那么甜

突然，吕年年愣住了："他在哭欸……"

何玥也从那些交错的手臂空隙间看过去，发现那个男人确实如吕年年所说，神情愤恨，但眼眶里却蓄满了泪水，鼻翼翕张。

再一眨眼的工夫，那人就挤到了何玥两人的跟前，嘴里说着什么"……死得冤枉，都是你们不拦着"之类的话，举起的拳头带着一阵风就挥了过来。

吕年年和何玥互相抱着，紧紧地闭着眼睛不敢看。

可接着就是另一阵惊呼，伴随着肉体相碰的闷哼声，至于意想之中的拳头却并没有打到她们身上。

吕年年挣扎着抬眼看了看。

是一个黑发青年，虽然也穿着白大褂，但发量简直多到不科学。在紧急关头是他一拳拦下了那个汉子的攻击，然后又一拳开始了单方面殴打。

他不像是常常待在实验室或手术室的气质，反而像是那种经常打球的阳光大学男生，而且不知是不是练过武术，一拳一挡间竟然有些"招式"的意思。

此时何玥也回过神来了，吕年年不懂这其中利弊，只顾着看热闹，但何玥明白，马上保卫科的人就会来，只要再躲两分钟就好。

但如果这期间要是真发生了什么，医生们只会吃不了兜着走。

于是她大声呵斥:"徐忘忧,你住手!"

何玥这一喊让徐忘忧分了神,那汉子本来就是常年务工务农的人,蛮力了得。他立刻翻身起来,吼叫着朝徐忘忧扑了过去。

事情已经发展到这个地步,那些最开始还帮拦着的护士小姐姐也都退开了,害怕被伤着。

而吕年年和何玥也被打来打去的两个男人给分成了两个方向,一边一个。

那汉子虽然没打算朝吕年年动手,但他也没管周遭环境,朝徐忘忧扑过去的时候带着走廊上一个还挂着空瓶的点滴架向吕年年砸了过去。

吕年年感觉敏锐,可身体完全跟不上节奏,只能下意识地抬手抱头挡脸。

但她没想到自己又逃过一劫。

在这千钧一发的时候,吕年年被人一把揽入怀中,巨大的冲力让她险些站不稳。但抱着她的人一手牢牢地揽着她的腰,另一手扣着她的后脑勺将她的头脸护在身体下。

脸靠在温暖的胸膛上,呼吸间满是熟悉的木香,吕年年都不用抬头就知道这是谁,没忍住勾起嘴角,一秒就安下心来。

可是等贺轻昀放开她之后,她一看这局势就笑不出来了。

喜欢你，那么甜

贺轻昀护着她的时候反推了一把那个点滴架，结果那上面的空玻璃吊瓶在墙上撞碎了，碎玻璃片霎时飞了出去，划伤了贺轻昀的脸，留了一道小血口。

而何玥那边有那个年轻男孩护着倒是没受伤，但是那个男孩投鼠忌器，不敢再动手，反而是那汉子完全被激怒了，竟然举起了倒在地上的那个氧气瓶朝徐忘忧砸过去。

徐忘忧抬胳膊一挡，痛得牙都快咬碎了，凭他在旧金山武馆混了那么多年的经验来看，铁定是骨裂了。

贺轻昀见状脸色一变，好在这是一个空氧气瓶，否则一爆炸场面不敢想象。见那汉子还不收手，他只能放开吕年年过去帮忙。

贺轻昀精准地掐住那汉子的手腕关节，然后往后一掰。

在那汉子的手腕快被掰断的时候，保卫科的人终于姗姗来迟，带着电棒迅速地将人制伏。

一场闹剧终于落下帷幕。

事后民警询问结束来说明情况之后，何玥才知道了那个汉子是谁。

两天前急诊送来一个叫刘伟东的高中男生，说是上体育课的时候突发室颤，何玥给他进行了心肺复苏，之后情况有所好转。

那个汉子是后头被老师通知来的学生爸爸，没有和何玥直接打过照面，在那孩子好转之后就说瑞济费用太贵，强行要转院回老家。

那时正好是医院忙得一塌糊涂的时候，家属强烈要求，加上患者情况还算稳定，何玥也就没多阻拦，就让他们转院了。结果他们回老家县医院的时候碰上了修路，一路磕磕绊绊，那孩子又再次室颤，还没等送到那边医院就断气了。

汉子不知道为什么儿子忽然之间就死了，他一边觉得也许不该转院，一边也怀疑何玥当时就没有给他儿子好好治，于是就有了上午在走廊他质问何玥的那一幕。

但是好巧不巧，何玥当时没有听明白他问的话所以愣了神，就是因为何玥这两三秒的迟疑，那汉子就笃定了自己心中的想法——肯定是这医生黑了良心，根本没好好给我儿治病，不然怎么会才过两天就连病人名字都不记得了！

那汉子原本只是想来讨个心安的，也许最开始他觉得这一切都是自己执意要转院的错。但当他在别人身上找到缺口的那一瞬间，他就将所有的责任都推了过去，大概这样他就可以欺骗自己，也不用再被自责和愧疚折磨了。

医院方面直接下达了将此事私了和解的指令，发生这种事的时候一般都只能医院认尿。

　　至于徐忘忧和贺轻昀的治疗费，当然也只能医院给包圆了，毕竟那样一个刚死了亲人的打工汉，哪儿来的钱赔。

　　不仅如此，凡是动手了的医护工作者事后还要被叫去训话，哪管你是不是正当防卫。

　　因此，"挑事"却没动手的何玥非但没有受罚，还得了半天的安慰假。可英雄救美的那两个，刚下场就被叫去院长办公室耳提面命了……

　　这么一通闹，再转眼就是下午两点，发生了这样的事，贺轻昀和吕年年原定下午的商讨工作只得作罢。

　　由于上午的早餐被强行打断，又经历了一场恶战，现在才闲了下来，吕年年只觉得饥肠辘辘，摸摸肚子再和何玥一对眼神，两人就完美地达成了共识——逛街吃美食去！

　　好像从何玥去医院实习起，她们俩就很少能约到一起逛街吃美食了，这次真的算难得。因为早就过了中午的饭点，她们也只是就近找了个商场点了两碗鸭血粉丝汤吃。

　　"其实我也有责任，当时应该坚持等那孩子完全稳定了再让他转院的。"何玥叹了口气，拆开一双一次性筷子。

　　吕年年一边择着碗里的香菜一边宽慰她："可是这种突发的病，

谁也说不准啊。"

"我老是想起那个男人要来打我们的时候哭了,他来闹大概是真的因为无法接受他儿子的死吧。"

"谁不是因为没法接受亲人的死才来的啊。"吕年年想当然。

"这可不一定。"何玥捞起一筷子粉丝,停在碗上方晾凉,"很多来医闹的人是来钻医院空子的,主要是想讹医院一笔。"

吕年年咋舌,但想想也对,她是自己一毕业就家里蹲,受过社会上最大的挫折也不过是几个月前那次被举报的事。对于世间冷暖,人生百态,她怎么能和在医院目睹了各种生死的何玥比。

吃过午饭,何玥陪着吕年年去逛了个美术展,再出来就已经六点了。

"怎么样?晚饭,开吃不?"吕年年打开手机看了看时间问道。

"吃!"

"吃什么?"

这就是个宇宙难题了,通常不纠结一个小时是不会有答案的。吕年年已经做好了先逛着然后随缘进店的准备,但她没想到何玥只犹豫了十几秒就给出了答案。

"我们去吃日料吧。"何玥伸了个懒腰。

"怎么突然想吃日料了?"吕年年挺奇怪的,何玥一般是完全

喜欢你，那么甜

的中餐派，说吃饭就是老老实实点菜吃米饭的那种。

"想喝酒。"何玥回头一笑。

"那你喝醉了怎么办？工作狂今晚不打算回医院盯病人了？"吕年年戏谑道。

何玥翻了个白眼："我倒是想盯，你以为医院所谓的安慰假是什么啊，其实就是变相的停工处罚。"

"好吧……"吕年年默默闭嘴，"那我们就去居酒屋好了。"她打开点评软件，挑了一家评分不错的店导航过去。

接着，姐妹花手挽着手走去地铁站。

"话说你的梅子酒酿的怎么样了？"何玥问。

"还在坛子里封着呢，得等到七月之后才能启开，不然就直接带你去我家喝了。"

吕年年挺喜欢喝酒的，开心了喝一杯，不开心了也喝一杯，但算不上酗酒，一般是打着圈走路也会把自己稳稳当当送回床上睡觉的程度。

她享受微醺的感觉但不喜欢酒味，像汽水一样的啤酒不喜欢，苦了吧唧的红酒不喜欢，辣喉咙的白酒就更不喜欢。所以目前来说她能喝的酒除了一些甜口的贵腐、冰酒之外就是日本清酒和国内的自酿果酒了。

订好的那家居酒屋吕年年她们是第一次去，隐藏在一条弄堂里，等她们兜兜转转找到的时候天都黑了，写着黑字的日式灯笼串在夜色中，洒下一片暖黄。

两人掀开印有藏蓝平莳绘的和风门帘，接着推门猫腰进去，一股海鲜的腥味和芥末的刺激味飘来。

堂内的矮几放置的疏密错落，没有全包围的包厢环境，但也不至于打扰邻桌的谈话。

只是她们到的比较晚，只能坐靠后厨的桌子了。

她们先是填饱了肚子才开始喝酒，但话还没说两句，一小盅清酒就见底了。

"你怎么回事啊，我看贺主任今天奋不顾身地扑过来救你，都这样了你们怎么还没在一起。"何玥晃着小酒杯撑着下巴，率先八卦。

吕年年本来要再喝一口，结果听到问话，手抬到半空中又放下了，郑重其事地叹了口气："是吧，你也觉得他喜欢我吧？"

可还没等何玥点完头，吕年年又开启了灵魂深处的疑问："那他为什么不向我告白呢？"

何玥沉思了："呃，会不会，他也在等……"

吕年年："……"

何玥叹了口气，摆正坐姿，一边拿过自己的手机，准备把先前

喜欢你,那么甜

贺轻昀在医院微信群的告白聊天记录拉出来给吕年年看。她实在是不懂这两个傻瓜到底在尿什么,还是让她来替他们手动解锁吧。

结果吕年年不知怎么就突然了悟了,一仰头把壶里的酒一口喝光,豪情万千道:"行,那就我来告白吧!"说完转头对服务员说,"老板,清酒再来一壶!"

"……"

好吧,何玥又默默地把手机收了回去,那一切就看他们自己的造化了。

酒过三巡,何玥在吕年年的追问下把徐忘忧的事给大致说了一遍,喝到后来酒劲上了头,两个人都开始晕乎起来。

"那你对他什么感觉啊?"吕年年眼神迷离地趴在自己胳膊上。

"大概是,通过右心室收纳的全身静脉血从肺动脉泵出,经过肺部的气体交换变成含氧丰富的动脉血,由肺静脉……"

"说人话!"忍无可忍的吕年年一把从桌上跃起要去掐她脖子。

"哈哈哈哈哈哈哈!"她们从小这么玩闹惯了,何玥下意识笑着摆脱吕年年的魔爪。

笑了一通之后,两个人被酒精侵袭的身体又软了下来,瘫在桌子椅子上叹气。

何玥正色回来，用手撑着脑袋轻轻开口："有一点，心动吧。"

吕年年立即露出一副"我就知道"的表情。帅气阳光的"小奶狗"主动追求，这谁顶得住啊。她自顾自地跟何玥碰了个杯，也没再多说什么。

清酒柔和，不知不觉间桌子上的空酒瓶就排成了行。

吕年年跟何玥时不时地说两句，再来一只炸虾，很快两人就变得不省人事起来。

何玥是职业属性的缘故，常年心里压着事，今天好不容易有空放纵一回，很容易就醉了。至于吕年年，她就是今朝有酒今朝醉的典型，哪管得了这么多。

居酒屋的侍应生已经开始打烊前的扫尾工作，将凳子都反扣在桌上，门廊上的灯也陆续关闭。再转头一看吕年年、何玥那唯一的一桌，叹了口气，希望今天的客人醉得不那么彻底，他也能早点回家。

"两位好，十一点了，我们要打烊了。请问需要帮你们叫车吗？"

"……"

"……"

两张迷茫的大脸抬了起来。

喜欢你，那么甜

侍应生小哥："……"

行吧，小哥掐了掐眉心，顺势抢过吕年年刚解锁的手机，给她的最近联系人打了个电话。

时间返回到当天中午，医闹事件结束后。

"你说说你们，像什么话！"两鬓斑白头顶反光的院长一拍桌子，古老的搪瓷茶缸震了两下。

贺轻昀非常有经验，立刻眼观鼻鼻观心地站好。没有经历过这阵仗的徐忘忧就吊着他刚固定好的胳膊直愣愣地看过去，打量起这位年近花甲的瑞济医院院长。

这一打量，徐忘忧还没看出什么，院长老爷子反而被激起了战斗欲，立刻将矛头对准了他，嘟嘟开炮："看什么看！你来我们医院才几天，就学会了和家属打架，胡闹！不要以为你家给我们批了这些器械我就不敢拿你怎么样，万一今天……"

"咳咳……"适时，院长夫人端着一锅药膳站在门口救场来了。

老爷子一看夫人来了，立刻偃旗息鼓前去迎接，暂且放过了他们一马。

锅盖一掀，鲜香扑鼻。

老爷子坐在办公椅上小口啜汤，慢悠悠地开始问话："说吧，今天到底什么情况？听说你是有功夫底子的，怎么还拦不住一个蛮汉。"院长吹吹调羹里的汤,抬头看了一眼徐忘忧,"况且打都打了,为什么最后还把自己的手打成这个样儿?"

贺轻昀低着头没忍住笑了一下,说白了老爷子还是护短。

实诚的徐忘忧挠挠头,实话实说:"我是为了追媳妇。"

老爷子一口汤差点没呛着,院长夫人笑而不语地帮他拍拍背。

"胡闹!"院长气到翘胡子,想想徐忘忧这孩子没指望了,转头又开始问起贺轻昀来,"那你怎么也参与进来了,堂堂一个外科副主任,嗯?平常做事也挺稳重的。"

贺轻昀憋着笑清了清嗓子:"咳,我也要追媳妇。"

"你们这一个两个的。"院长摇摇头,哀其不幸怒其不争。

医院事多,剩男剩女一大堆,老爷子自己也愁得很,生怕这些孩子一个不留神要孤独终老。所以医院里流行的大大小小的八卦,他都有听那么一耳朵。

至于贺轻昀和徐忘忧的意有所指,他心里跟明镜似的。

"你们两,停职半天,给我回去好好反省,明天再来上班。"老爷子色厉内荏地敲敲桌子,"咳,媳妇,追成功,一切既往不咎。要是没追成功,全都给我滚回来写检讨!"

"是……"

贺轻昀和徐忘忧两个灰溜溜地走了。

喜欢你，那么甜

接着就是"追妻阵线联盟"好哥俩的聚会时间了。两人吃吃饭，打打游戏聊聊天，一晃就到了晚上十一点。

正打算各回各家的时候，贺轻昀突然接到了吕年年的来电。

"喂。"

"好的。"

"谢谢，我马上就到。"

徐忘忧撑着下巴还没来得及问什么，自己的手机也响了——同样的"喂""好""马上到"三连。

挂完电话后，他们两人一对视线，同时脱口而出："和泉式部居酒屋。"

两人笑了笑，双双扶额，然后起身前往。

侍应生小哥在解头巾的时候，终于看到了那两个姗姗来迟的男人。一个穿着运动装吊着胳膊，一个西裤衬衫脸上贴了块创可贴，像是有文化的正经人，但又莫名有点"社会"……

还好刚刚打电话的时候自己很有礼貌，小哥心想。

两位男士穿过叠好的桌椅走了过去，看着两位醉成的女士叹了一口气，最终一人架一个离开了居酒屋。

次日清晨七点，星河湾酒店。

何玥是先醒的那一个，映入她眼帘的是徐忘忧微微冒出胡楂的下巴。大约是从小在国外长大的缘故，他的身形相较于国内同龄人来说要更宽阔一些，所以他那无处安放的胳膊只能一直垫在何玥脑袋下。

何玥还不至于喝断片，所以昨晚自己做的事情现在一回想就历历在目。

原本徐忘忧是老老实实去睡沙发的，结果她醉酒后老妈子本性发作，非拉着人家一起到床上来睡……

她默默转身，小心翼翼地避开他吊在胸前的那只受伤的手，刚准备起身下床就被人一把捞了回来。

徐忘忧懒洋洋的声音传来："师姐睡完招呼都不打一个就要走了吗？"

何玥被弹回床上，只能无奈地翻身躺回去。发现不知什么时候睡醒的徐忘忧正撑着头在看她，乱糟糟的头发挡住了大半张脸，但露出的线条流畅的鼻梁和微微勾起的嘴唇充满了撩拨的意味。

"昨晚睡得好吗？"徐忘忧问。

"挺、挺好的。"何玥莫名心虚地咽了咽口水。

"多亏了师姐，我也睡得很好。"他直勾勾地盯着何玥，整张脸上满是笑意，"起床吧！"

喜欢你，那么甜

然后，他少年气地从床上一跃而起。何玥看着徐忘忧身上的黑色T恤往上一提，露出健美的"公狗腰"，脑子瞬间"嗡"了一下，只觉得天干物燥，心动又多了一点。

徐忘忧用手拨了拨头发，趿拉着拖鞋去了洗漱间，接着拿起牙具打算用嘴协助来挤牙膏。

一直傻站着的何玥看到这幕才如梦初醒，急忙走过去帮忙，把他嘴里叼着的牙膏给扯了出来，说："我来吧。"

徐忘忧自然是笑眯眯。

守着他刷完了牙，何玥又帮他拧毛巾擦脸。他比何玥高出一个多脑袋，于是何玥只能踮起脚，扬着脑袋举手帮他擦脸。

热毛巾轻柔地抚过徐忘忧的眉眼、脸侧，还有嘴唇。

何玥专心致志地帮他擦，而他专心致志地盯着何玥，突然，他笑了："谢谢你对我这么负责。"

"你的手是因为我受伤的，负责理所应当啊。"何玥觉得徐忘忧在瞎客气。

可下一秒她拿毛巾的手就被握住了，徐忘忧看着她的眼睛，唰地贴近何玥的脸。近到薄荷味的呼吸可以吹拂在脸上的距离。

他说："难道师姐不是因为睡了我而负责的吗？"

何玥愣住了，然后脸像火烧一样迅速红了起来，支支吾吾起来：

"我……你……"

她终于知道什么叫"普通话烫嘴"了。

于是,她叹了口气,假装"没办法,认命吧",说:"行吧,那就我来负责吧。"

其实千年的铁树一旦想开花那是开得比谁都快。

与此同时,隔壁的 8203 号房间。

在沙发上蜷了一晚的贺轻昀睁开双眼,他睡得并不好,腰酸腿疼的。

倒是大床上滚成球的吕年年睡得正香,她整个人都裹在被子里,只有长长的黑色卷发从被子里露出来,散乱在枕头上。

贺轻昀看着呼吸起伏规律的白色被团笑了一下,然后走进浴室去冲澡。

再出来已经快八点了,但 S 市自端午过后就开始慢慢进入了梅雨季,瓢泼大雨就这么砸了下来。

贺轻昀怕雨声扰她清梦,想了想还是走过去把那扇留着透气的窗户给关紧,结果回程的时候路过窗户旁边的蛋椅,将椅子上吕年年的包碰翻了,里面的小东西从敞口的包袋里掉了出来。

喜欢你，那么甜

还好酒店的地毯铺得厚，掉下去的东西磕不坏，只有一些沉闷的落地声。

贺轻昀赶忙蹲下去捡起来。

掉出来的东西除了一把梳子、两支口红，还有一本被摔得摊开来的速写本吸引了他的目光——那是一页肖像，用蓝色的钢笔勾勒成形，线条流畅顿挫有致，五官的刻画尤其精致。画面上的人穿着白大褂，站在书柜前低头翻书，不是他是谁。

而这旁边还写了一句话，是法文，他送吕年年那支钢笔上的话。

"对我来说，你就是世界上独一无二的存在。"

贺轻昀感觉自己的心脏漏跳了几拍，鬼使神差地，他做了他以往道德准则下绝不会做的事——他完全地翻开了吕年年的速写本，往前，往后。

然后他欣喜若狂地发现，她画的全部是他。

喝水的他，歪头笑的他，闭上眼睛的他，认真工作的他，甚至还有，脱衣服的他……

看到这贺轻昀没忍住又笑了出来。这丫头，肯定又仗着自己的基本功过硬直接默写裸男了。

吕年年睡得很舒服，直到她恍惚间听到了纸张翻动的声音，潜意识里第一反应就是旺仔又在糟蹋她的画纸了！

一想到这个还睡什么觉啊，吕年年立刻从床上蹦了起来。一般这样都会吓住旺仔，她就可以在这几秒里从旺仔爪下多拯救几张画。

结果"哇呀"一声站起来之后，吕年年定睛一看，猫咪没有，裹着浴袍发梢微湿的美男倒是有一个。

美男还确实像她设想的那样被吓住了。

紧接着下一秒，吕年年就看见美男手里正拿着她的速写本，瞬间心脏一紧，因为这本速写本上尽是她脑子里的"黄色废料"。

而且，原型正是这位美男……

要死了。

吕年年凭着自己的本能走到贺轻昀跟前，一路上脑子还在飞速运转昨晚发生了什么，为什么转眼她就和贺轻昀在酒店住了一晚。

显然，当务之急是把速写本拿回来。

吕年年伸手就去抢，结果贺轻昀坐在沙发上岿然不动，反而顺势握过吕年年伸来的手，轻轻一拽，重心不稳的吕年年瞬间就往施力端倒了过去。

倒在了贺轻昀胸膛上。

喜欢你，那么甜

吕年年僵住了。

靠着贺轻昀的胸膛不是第一次，但这回贺轻昀刚洗完澡，身上的味道该死的甜美。浴袍的 V 领又开得低，大片皮肤裸露在空气中。

啪嗒！

发梢滴下的水珠从锁骨缓缓流下去。

吕年年不自觉咽了咽口水，这谁顶得住啊！

可贺轻昀好像丝毫不知道自己在玩火似的，反而变本加厉，将嘴唇贴在吕年年耳旁，呼吸声缓缓吹拂着耳尖和发丝，低哑地开口："你画的不对，我可不止六块腹肌。你想先看还是先摸，嗯？"

这谁顶得住啊！

美色当前，吕年年自诩不是柳下惠，既然都到这份上了，不摸白不摸啊！

她板着脸，坐在贺轻昀腿上，手像一尾鱼那样灵巧地从他浴袍腰带下钻了进去，结结实实地按到了贺轻昀的上腹处。

不摸还好，一摸就停不下来了。单身25年的吕年年充满求知欲地流连了好几秒——原来腹肌的手感是这样的啊……

反倒是贺轻昀没想到吕年年竟然真的上手了，他先是愣了下神，然后意味深长地看着吕年年，笑着说："你突然这么奔放，我会以为你还没有醒酒。"

这已经不是醒没醒酒的问题了，吕年年此刻觉得自己昨晚喝的怕是假酒！

可吕年年转念一想，都发展到这个地步了，又想起昨晚自己信誓旦旦对何玥说的"告白宣言"——干脆破罐子破摔吧。

于是，她抬起头来，特别厚颜无耻地迎"男"而上："就算是没醒酒。我不可以……摸自己男朋友的腹肌吗？"

吕年年说完就紧张得大气不敢出，生怕下一秒贺轻昀就跟她翻脸，就像她上次在商场偷窥到的那个向他告白的女生一样。

结果她看到的是贺轻昀饶有兴致地挑了挑眉，眼角眉梢含着笑意，像是有止不住的开心，仿佛摇晃过后汽水瓶盖下涌出的气泡一样。

他说："当然可以，女朋友。"

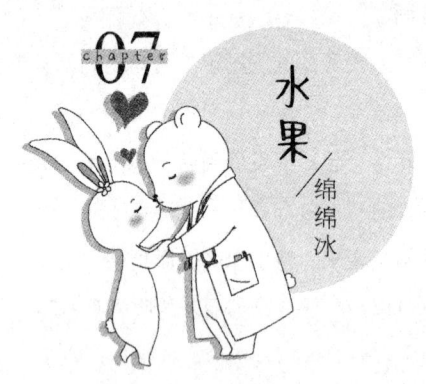

07 水果/绵绵冰

好姐妹,手拉手,脱团也要一起走。

上午九点,贺轻昀、吕年年和徐忘忧、何玥四个人站在门口面面相觑,他们互相看了看对方两个牵着的手,一切尽在不言中。

场面一度很尴尬。

只有清洁阿姨推着杂物车经过,像江湖上没有感情的孤胆剑客,什么大风大浪没见过,面无表情地与对讲机说话:"8202、8203号房间退房。"

四个人回到医院。

吕年年被贺轻昀牵着手,一踏进医院大堂,各路戏谑的目光就跟了过来。吕年年在心里故作娇羞地默默叹了口气,实则将身子挺得更直了一些。

贺轻昀倒是如沐春风般的享受着那些目光,冲那些给他投眼色的同事友好地笑。直到张恒这个即使结了婚,情商依旧负数的大傻子兴冲冲地过来道喜:"老贺,你终于把人家姑娘追到手啦!离你在群里告白那会儿得有几个月了吧,不符合你的速度啊……"

"咳咳咳……"来自疯狂使眼色的何玥与微笑逐渐凝固的贺轻昀。

一头雾水又仿佛好像有什么梗错过的吕年年满脸问号。

好在徐忘忧立马出来解围了,明白此情此景应当先溜之大吉,于是过去揽住贺轻昀的肩膀,说:"走吧,我们该去院长办公室了。"

贺轻昀从善如流地抬腿就走。

吕年年没明白,冲两人的背影喊:"你们干吗去啊?"

两位男士回眸一笑:"写检讨。"

再下一秒吕年年就被何玥拉走了。

喜欢你,那么甜

回到办公室,何玥自知理亏,狗腿子一样给吕年年端茶倒水。吕年年也乐意"戏精",端坐得像古代娘娘,轻描淡写道:"说吧,怎么回事?"

何玥憋了这么久,早就想告诉她了,这下终于顺理成章。她急吼吼地掏出手机,把聊天记录往前滑,然后递给吕年年看。

【丘比特今天营业了吗:问就问……@贺轻昀 贺主任在追吕小姐吗,不耍流氓的那种［害羞］】

【贺轻昀:我表现得这么不明显吗?】

"所以,你们早就知道了!"吕年年惊得眼珠欲夺眶而出,"难怪我每次来医院,你们都这么意味深长地盯着我看……"

然后她就开始不停摇晃何玥了:"那你怎么不早说,你瞒我瞒得好苦啊——"

何玥强行挣脱,反手就是捏脸:"大妹子你搞清楚,他是我副主任欸。"

"唉,事已至此,你退下吧。"吕年年矜贵地挥挥手。

"喳……"何玥翻了个白眼。

戏精姐妹花玩得正欢的时候,小梅破门而入。

她着急忙慌地一把拉起何玥:"何医生快来啊!连环车祸人手

不够了！"何玥被她拽出办公室，接着小梅又想起了什么似的回头跟吕年年说，"吕小姐，贺主任说让你自便，在医院等或者直接回家都可以！"

吕年年还没来得及回应一个字，这两人就消失在走廊了。她想了想，给贺轻昀发了条短信：我就待在何玥办公室，你安心手术就好。

没想到这一待就是一整天。

何玥、张恒、贺轻昀他们这些人几乎就没停过脚，甚至连写检讨写到一半的徐忘忧也去帮忙处理病患数据了。整个医院大堂风风火火的，蹲在角落打算画个速写的吕年年叹了口气，自诩画笔跟不上速度，无奈地把本子又揣了回去。

吕年年在何玥办公室里躺着刷剧，不知不觉间天就黑了，全靠胃部状态来提示时间。她摸摸自己饥肠辘辘的肚子，决定出去觅个食。

等吕年年揣着何玥的饭卡走到食堂门口才反应过来，都已经晚上八点，食堂早就没菜了，于是她只能去医院周边溜达溜达。

有人的地方就有江湖，此话不虚。果然在医院后面的一条弄堂里别有洞天，各类速食夜宵小摊摆得红红火火、有滋有味，给那些进城治病的家属、熬夜工作的医护者留了另一条活路。

喜欢你，那么甜

吕年年很久没来过这样的地方了，一瞬间有些怀念大学时候的校园夜市。她呼吸了一口令人愉悦的烟火气，闪身溜了进去，犹如蛟龙入海。

从头走到尾，她吃了一碗酸辣粉、两串铁板鱿鱼、三块冰镇糯米糍，顺便还打包了一份煎饼。

站在街尾，吕年年满足地打了个嗝。

餍足的吕年年刚琢磨着要不要原路返回，就接到了来自新晋男友贺轻昀的电话。

"你在哪儿？"贺轻昀的声音比早上多了几分喑哑和疲惫。

吕年年摸了摸自己滚圆的小肚子，觉得自己简直无地自容，怎么就光顾着自己吃了。她理亏地弱弱道："我在医院背面的夜宵巷，现在正在巷子尾。"

"那正好，你站着别动。"他仿佛在电话那端笑了一下。

吕年年有点蒙，她听着电话里的声音还挺嘈杂的，应该是刚出手术室吧。为啥不让她直接回去啊，难不成他也要来吃这些小摊上的小吃？

吕年年一瞬间觉得自己好像一点也不了解贺轻昀。她问："你吃饭了吗？"

但贺轻昀好像没听到似的，没有回音。吕年年以为是自己这里太吵了，放大了点声音继续问："你吃——"

"还没。"突然，贺轻昀的声音变成了双声道，吕年年被他从背后抱了满怀。

"别动。"贺轻昀在她耳边说，"吕年年，我喜欢你。

"其实这才应该是我原本的告白计划，但没想到还是被你领先了一步。

"我花了一整晚的时间统计了你提到过的所有心动名场面，后背抱是最多的一个。不知道，我成功了没有？"

贺轻昀的低音骚动着她的耳膜，吕年年要疯了，何止是心动啊，她都快动成永动机了！

于是为了自己的生命安全，吕年年克制地跳过了这个问题。她转过身，举起手里的煎饼，顾左右而言他："吃煎饼吗？鸡柳肉松双拼的。"

贺轻昀笑了，摸摸她的头再顺势接过了食品袋，算是暂且饶了她一命。

吕年年跟着贺轻昀重新折回夜宵巷，一路走去停车场。上一次她坐贺轻昀的车回家仿佛就在不久前，没想到今夜再回到这辆车上，他们之间的关系就发生了翻天覆地的变化。

吕年年有些恍惚。

喜欢你,那么甜

而贺轻昀一言不发,打开了车载音响,慵懒的北欧小调飘荡在这狭窄的车厢内——是那晚播放过的《Cayman islands》。

伴随着歌声,吕年年回忆起当时深夜的那通电话,贺轻昀在电话那端是意料之外的温柔,而她却忐忑地以为是自己在自作多情。现在看来真的可叹。

她记起自己很早以前在一篇作品的旁白里写道:没有所谓的错过,有的只是没那么喜欢而已。

所幸,她低估了他们之间的互相喜欢。

一路无话,但气氛并不显得尴尬。不多时车已经停在了小区里。贺轻昀还是照常下车把吕年年送上楼。

三楼片刻就到,在楼梯间昏黄的感应灯下,贺轻昀朝吕年年告别。吕年年微低着头,没人知道她在刚刚回家的一路上经历了怎样的思想洗礼,贺轻昀也不知道。

他只知道他刚和吕年年说完"再见",这个小姑娘就突然踮脚抱住了他,她的手臂紧紧地交叠在他的衣领后,一点也不礼貌见外的那种。

可是贺轻昀看不到她的表情,只能透过她茂密的黑发闻到来自女孩子身上最隐秘的体香,那是常年在医院的他从未感受过的气味。

他知道，如果非要安上一个科学性的名字，这应该叫作"费洛蒙"。但他不想认为这是一种生物共有的信息素，他想要的是独一无二的，仅对他一人释放的味道。

吕年年的呼吸轻拂着他的脖子，接着她说话了，声音像小猫一样，但什么布偶、加菲、英短、肥橘都可爱不过她。

贺轻昀听见她说："谢谢你喜欢我。还有，不管你是后背抱还是发微信我都会心动的，形式不是重点，你才是重点。因为，我很喜欢你啊。"

"晚安。"她微微松开了手，亲了他一口。

接着吕年年以迅雷不及掩耳之势钻进家里，关上了门。

贺轻昀站在门口，用手摸了摸刚刚被亲了一口的脸颊，人生第一次因为害羞而有些脸庞发热，蒙了。

此时此刻，医院的大战才刚刚收场。

比不得某些"滥用职权"，提前跑路去谈恋爱的副主任，何玥他们累得连话都不想说，直接瘫在了医院的长椅上，连多走两步路回办公室的力气都没有了。

还得安置委屈跑来的"小奶狗"。

"师姐，我已经想好了，为了方便你对我负责，我们一起回你家吧！"一个提着行李箱、吊着胳膊、神采奕奕的"小奶狗"。

喜欢你,那么甜

何玥扶额,但她知道除此之外也没办法了。徐忘忧在医院的宿舍床铺是上床下桌,他这个样子确实不方便。

"这里是鞋架和伞架,这边是卫生间,门锁坏了我一直没修,所以要用的时候就关好门,不用的时候就敞开来。冰箱上面是冷藏,下面是冷冻,会串味的东西一定要用保鲜膜给我包起来!这个是你房间,原本是书房来的,只能给你摊个沙发床了。"

徐忘忧表示很满意。

那当然,才确认关系第一天他就登堂入室了还有什么不满意的。

他先收拾好自己的东西,让何玥帮他用保鲜膜缠住绷带,然后去浴室冲了个澡,接着舒舒服服、清清爽爽地坐进了被子里。

而何玥恰好在书房放书,见徐忘忧要睡觉了就自觉准备要出去。结果路过沙发床的时候被徐忘忧一拉,一屁股坐了下去,再抬眼一看倒是和他齐平了。

徐忘忧近距离地看着她,他的眼睫毛和他的头发一样浓密,带着刚从浴室出来的水汽,湿漉漉的,像某种小动物。真诚又带点可爱的蛮横。

他凑近何玥,吻了吻她的额头,说:"Good night, my sweety.(晚安,我的宝贝)"

竟然有点宠？何玥有些惊喜，有些娇羞。

紧接着徐忘忧就钻进被子里躺平了，手拉被子，只露出鼻子眼睛的那种，乖巧地眨眨眼睛，说："帮我关个灯哦。"

呵，都是错觉。

何玥翻着死鱼眼帮他关灯走了。

而刚轻薄完"瑞济医院江直树"的吕年年靠在门上喘大气，但她一点也不像之前那样不停地担心贺轻昀会不会怪她了。

这大概是爱情里最美好的一点了吧。有一个人可以包容你所有的千变万化，即使三头六臂也不必担心会吓着他，你的所有开心不开心，阳光或者阴暗，都可以开始和他共享。

只是吕年年有多赞美爱情，快噶屁的旺仔就有多憎恨爱情。吕年年两天没回家，它就两天没吃猫粮了，只有一小碗水舔一舔，它觉得它的猫生已经快要结束。

吕年年看到一直用屁股对着她的旺仔，才反应过来自己做了多过分的事。她忙不迭地给它添上最好的猫粮，又哄又逗的。

好在旺仔是只"口嫌体正直"的肥橘猫，肚里能撑船，只用爪子挠了一下它早就看不顺眼的那块地毯，就将此页翻过了。吕年年真实感激涕零，谢主隆恩。

喜欢你，那么甜

至于送完吕年年回家的贺轻昀，他在回自家的路上又折回了医院，先是看了看病房的情况，再顺便把他和徐忘忧写完的检讨书张贴了起来。

于是第二天，会议室布告栏。瑞济医院的女性医护工作者集体化身柠檬精。

借用Lily的话简单来说就是："这哪是什么检讨啊，分明就是情书吧！"

不在医院的吕年年逃过一劫，而何玥就差被柠檬围起来跳舞了。她只好借着工作在手术室躲过一天，自觉再过几天，等检讨书被撤下来之后就好了。

但她没想到，第二天中午，院长老爷子抱着一保温杯的参鸡汤来医院溜达，看到布告栏里的检讨，心中油然自豪，觉得最美不过牵线月老。他手一挥，发下大令："这两份检讨包含着我们医院工作人员的诚恳团结，善良友好，因此，这两张检讨一个月之内都不许撤！"

何玥："……"

时光飞逝，转眼吕年年成为一个有男朋友的人已经半月有余了，除了每天赶稿和"同城网恋"，就是和朋友圈里的人聊天。

只见梁凯说"周末黄昏的锻炼时光",配图是他牵着女神的手在一起遛狗。你以为这是简单的遛狗吗?不,人家遛的是朋友圈的一众单身狗。

她评论:【我酸了[柠檬]】

下一秒,梁凯就回了:【你们深夜撸猫什么的不是更有故事吗[坏笑]】

吕年年没再说啥,因为她是真的开始有些酸了。这半个多月以来她和贺轻昀只见了五面,次次都是在医院见面不说,有三次都是为了合作讨论,另外两次他还被临时叫走。

既羡慕别人也告诫自己,因为她知道贺轻昀已经对她很好了,有得必有失,她也不想让自己变成一个完全沉沦爱情的人。

吕年年一边自我调节,一边觉得贺轻昀上辈子是不是拯救了全宇宙才遇到自己这么善解人意、美丽大方的女朋友。

在她自我沉醉的当口,微信"叮"的一声传来了新消息——是她早上给贺轻昀发的医学插画的最终稿终于被通过了。

贺轻昀:【我们约会吧,顺便庆祝我们的合作圆满完成。】

【好啊!】

闲得都快把旺仔给撸秃了的吕年年从沙发上一跃而起。

【我已经请好了明晚的假,想去哪儿吃饭?】

喜欢你，那么甜

这一问让吕年年停顿下来，她从手机上抬起头，不知什么时候旺仔从她怀里逃脱，撞开老式的格子窗，夏日的夜风吹了进来。

这是一个老式小区，她从房东手里长租下来的时候做了些改造，但唯独留下了这些老式的木边格子窗。从这种需要往外推的窗子里看出去，有一种回到过去的感觉。

这边临近郊区，霓虹的彩灯映照不过来，因此抬头看到的是独属于夏日夜晚的深蓝色，带着些白昼的光亮，树影是冷调的浓绿，在深蓝夜色的笼罩中微微婆娑。

她坐在还没有开灯的屋内看着此景，突然想起了那些日式小清新的电影画面。

吕年年心中一动，对外面的灯红酒绿丧失了兴趣，对贺轻昀回复道：【来我家吧，我做饭给你吃，还有我酿的梅子酒［嘿哈］】

【好。】

第二天，贺轻昀踩着暮色尾巴抵达了吕年年家。他是特意先回家收拾了一下自己，洗过澡，穿着宽松的白色棉麻T恤，浅灰直筒休闲裤，踩着一双小白鞋就来了。

和在医院的贺轻昀截然不同，不像是手执生死的医生，反而像是什么淡然的文艺工作者。

吕年年一开门，先呆了一秒，然后低头瞧了瞧自己。穿着宽大的卡通睡裙，上面还有洗不掉的星星点点的颜料渍。头发用发带包了起来，露出毫无遮挡的大脑门。

刚洗完澡，热气蒸得脸色还不错，但刚做完饭的老房子满是油烟味，沐浴露的香气也已经微不可察。

啊啊啊！吕年年强忍住把贺轻昀锁门外的冲动，背过身去捂脸。

"怎么了？"贺轻昀明知故问。

看都不用看，光听就知道他在笑！吕年年咬牙切齿，闷闷出声道："我美少女包袱最后的倔强……"

贺轻昀才反应过来，这的确是吕年年第一次素颜面对他，其实她化没化妆对他来说并没太大区别，他笑的是她开门后下意识的反应。

有点可爱。

"没关系的，我喜欢的又不只是化了妆的你。"贺轻昀的手插在裤兜里笑着说道。

吕年年还是红着脸转过身去帮他拿拖鞋，让他进门说话——反正素颜状态是迟早的事。但心里还是忐忑，直到贺轻昀坐在沙发上了，她还是不自信地问了一句："你真的不觉得失望？"

贺轻昀微微叹了口气，直视她的眼睛认真地说："我喜欢你的

喜欢你，那么甜

意思是，我喜欢全部的你。"

吕年年最受不了的就是眼神加语言的双重攻击，又有些呆住了，接着旺仔就从沙发顶上跳了下来，"喵"了一声，让吕年年回过神来。

此情此景，吕年年不由得想起旺仔受伤的那个晚上。现在想来，那时候贺轻昀的确就是在告白，只是她当时愣神的时间有点长，估计贺轻昀就尬了，于是把话头顺势推到了旺仔身上。

这么一想，嘲笑对象突然就对调了。

吕年年坏笑了一下，戏谑道："你不会打算每来我家一次就把这句话再润色一遍吧？"

这话一出，贺轻昀就知道她指的是什么了，毕竟加上今天他总共也就来过吕年年家两次。

他挑了挑眉，露出几分没崩住的表情，大概是"我不要面子的啊"的意思。

吕年年见他吃瘪，超级开心地起身，准备回厨房端菜。

结果她还没嘚瑟两秒，就被突然起身的贺轻昀给拽住，并且拉得她直接在原地转了个圈。

倒不至于摔跤，因为她被贺轻昀搂得稳稳的。然后贺轻昀猛地靠近她，距离她的脸只有一拳之隔，她本能地往后缩，接着就被一只手温柔地扣住了后脑勺，动也不能动。

贺轻昀吻了她。

一，二，三。

三秒之后，贺轻昀不出所料地看到了脸爆红的吕年年，她像一只被踩着尾巴的猫，磕磕巴巴地虚张声势："你你你……你干吗……这么突然……"

他笑眯眯地近距离地回答她："因为你刚刚提醒了我——在哪里跌倒，就要在哪里爬起来。"

气急败坏的吕年年决定还是用厨艺征服他，她先入为主地觉得所有学医的人都像何玥一样是厨房菜鸟。

红烧小排、炸春卷、焦糖炖蛋、蔬菜沙拉，还有从冰箱里刚拿出来的装在古朴小酒盅里的青梅酒。

除了酒之外，其他所有菜都是完全按照"加餐饭社"的菜谱做的，百分之百好看又好吃！

吕年年面对着自己的劳动成果，一脸骄傲地在贺轻昀对面坐下。

"怎么样，厉害吧？"

喜欢你,那么甜

"嗯,厉害。""加餐饭社"本人一本正经地睁眼说着瞎话,强行憋笑。看着一脸等着被夸奖的吕年年小朋友,贺轻昀觉得自己好像有点于心不忍。

但要是现在暴露身份给吕年年,大概率会换来一顿小拳拳"毒打"或者被强行逐出门。

咳,还是……以后再说吧。

在吕年年充满希冀的注视下,贺轻昀吃下了第一口菜——说实话,味道还可以。

接着,一抬头就是吕年年的目光射线"夸!一定要夸!往死里夸"——于是贺轻昀张口就来:"好吃!"

他再吃第二口:"真的好吃,我很久没吃过这么好吃的家常菜了。"表现得真诚又走心。

吕年年终于被夸舒服了,敛下眼角眉梢,像抚顺了毛的猫咪。

过关的贺轻昀在心里默默地舒了口气。

"其实这些菜是我跟着美食'UP主'(指在视频网站、论坛、ftp站点上传视频音频文件的人)做的。"吕年年支着下巴实话实说,"就是我手机屏保上这位,他叫'加餐饭社',我们粉丝说他是料理台上的古典钢琴家。他真的超厉害,中餐西餐、甜点佐菜什么都会做,而且品位真的绝了,摆盘、视频空镜和配乐,连围裙都好好看……"

所有拥有"爱豆"的女孩一"安利"都停不下来。

"咳……"当面听女朋友吹"彩虹屁"的"加餐饭社"本人有些受不住了,如坐针毡。

吕年年立马住嘴,她以为是贺轻昀吃醋了。不过嘛,这也是理所当然的。于是她立即话锋一转,用手撑着下巴看向他,还眨一下眼:"但我还是最喜欢你啦!"

贺轻昀被她那个眼神逗得晕头转向,一瞬间他万分理解那些看女团的捧心宅男了,这么可爱的女朋友谁吃得消啊!

早知道确认关系之后吕年年会这么放得开,当初就应该原地告白——来自"大写后悔"的贺轻昀。

夜色渐沉,小区出来散步的人带来一些嘈杂的声音,随着吕年年他们的约会晚餐进入尾声,他们的聊天也从肤浅话题慢慢转到了人生选择上。

吕年年向贺轻昀诉说了和他相识的前传,也就是被请喝茶的那个事件。

"可能真的是年纪大了?以前我是'浪到'就是'赚到',现在也会开始担心朝不保夕。"吕年年蔫蔫地用筷子戳碗里的春卷渣。

"那你要转行吗?"贺轻昀反问。

喜欢你，那么甜

"那不可能！"吕年年一口回绝，除了画画，她别的什么事都不想做。

"其实你可以选择去创作，真正画一本属于你自己想法的漫画或者绘本，而不是一直画同人画和插图。"贺轻昀一针见血。

完全被说中想法的吕年年眼睛瞬间亮了，但一秒又黯淡下去，她沮丧道："其实我是有想过画漫画的，但我怕我连载不下去……"

"为什么？"

"我觉得我没能力去构建整个世界观，你不知道，现在'大触'真的好多，到处都是神仙……"吕年年越说越丧。

贺轻昀叹了口气，放下小酒杯，坐到吕年年身边去。他知道不论对谁而言，跨出第一步都是很需要勇气的。

他揽过吕年年的肩，让她靠在自己身上，他说："你知道，我母亲是B大的文学教授。我记得小时候，她给我看过这样一句话——'没有人的作品会被所有人喜爱，但只要你自己喜欢，这世界上就一定有和你一样的人存在'。"

好像是这么回事哦，吕年年眨眨眼，突然思维开阔起来。但她又突然好奇，问："为什么阿姨要跟你说这句话啊？"

"咳……"用自己黑历史安慰女朋友的贺医生觉得自己很伟大，"我小时候作文总是不及格，我妈为了鼓励我。"

"哈哈哈哈哈哈哈哈哈！"吕年年瞬间从贺轻昀肩膀笑瘫到

他腿上。

能怎么办,她开心就好,贺轻昀无奈地扶额。

"不过我之前真的有开过一个脑洞,是职场恋爱漫画来着。原型就是我喜欢的那个美食UP主,在我的设定里他其实是一个霸道总裁,但他有个毛病,就是只能吃自己做的饭,否则一吃就吐。女主呢,是他们公司的一个小文员,唯一的爱好就是看UP主直播做饭,但她不知道这个UP主就是自己公司的顶头老大。但是霸道总裁悄悄巡视公司的时候发现了女主是他粉丝的小秘密,后来经过观察还发现她会悄悄模仿自己做饭并带来公司当便当吃。

"直到有一天,霸道总裁出车祸了,手伤了做不了饭。为了不被饿死,他想起了女主,毕竟女主练习了他的菜谱那么久。然后女主就被强行兼职做厨娘去了。最后其实这是一个先同居后恋爱的故事……"

"挺有趣的。"

吧啦吧啦说了一大通的吕年年只得到了贺轻昀惜字如金的评价,但她还是很开心,立刻把身子挺直,惊喜地确认道:"真的?"

"嗯。"贺轻昀点点头,但看吕年年一脸迷醉的表情,贺轻昀开始自己吃自己的醋,他扬起一边的眉毛,上手快狠准地掐住吕年年的小肥脸,眯着眼说,"其实这些都是你自己的愿望吧。"

喜欢你，那么甜

"嘿嘿嘿嘿……"吕年年不好意思地讪笑，"艺术来源于想象嘛……"

聊完天，洗完碗，可酒还没喝完。

于是吕年年提议，不如来玩"大富翁"，把其中的一些惩罚改为喝一杯酒。

这种游戏纯靠手气，两人玩得旗鼓相当，但她没想到贺轻昀酒量这么浅，竟然这么快就醉了。

"我刚刚掷的是六点啊！"他振振有词。

"不，是四点。"吕年年公正又绝情。

"你看，明明是六个点。"贺轻昀将骰子拿来给吕年年看。

吕年年这一看就愣住了，反问："这是几点？"

"六点啊。"贺轻昀一脸纯良。

吕年年看着骰子上鲜红的四个点叹了口气，完了，醉到重影了。

她说："咱们去散散步吧，或者去天台吹风也行。"

"不行，游戏还没结束。"喝醉的贺轻昀变为"贺三岁"了。

对"贺三岁"要用哄的，吕年年哄着："好好好，你刚刚是六个点，一二三四五六，好了，正好终点，你赢了。"

"嗯。"贺轻昀这才满意地点点头。

吕年年化身贤妻良母，搀着贺轻昀站起来，他这样子完全散不了步了,还是去天台吹吹风醒酒吧。

吕年年住的楼里大部分是老人,但这些大爷可会找乐子了,在天台上搭了几个石墩子,晚上的时候在这儿下下棋打打牌,就不爱去楼下陪老伴跳广场舞。

现在已经晚上十一点,大爷大妈早都睡下了,整个小区都静悄悄的。

吕年年蹑手蹑脚地把贺轻昀给带上天台,坐在石墩子上看星星。

贺轻昀大概是醉得有些晕,不由自主地靠在吕年年肩膀上睡着了,而她就盯着星空开始发呆。

也许是医生都习惯了快速的片段式睡眠,又或者是每个人喝醉后的睡眠质量不一样,不过才二十几分钟贺轻昀就醒了。

他不知是什么时候睁开眼的,和吕年年一起看向远处的星空,初夏的夜风很温柔。

有那么一刻,像是远离了尘嚣,生活在别处。

他说:"这种时候应该听歌。"

吕年年一愣,低下头去:"你醒了?"

贺轻昀适时地直起身子来,准备从口袋里掏手机和耳机,却被吕年年一把阻止。

喜欢你，那么甜

他疑惑地看向吕年年，只见她神情雀跃地说："我弹尤克里里给你听吧。"

"你还会这个？"这的确有些出乎贺轻昀的意料。

吕年年一脸"没想到吧"的表情说："现在知道了吧，我可是个宝藏女孩。"说完拍拍贺轻昀的肩，"要好好珍惜。"

于是贺轻昀充满期待地坐在天台上等待吕年年抱着她的乐器上来。

她先是一本正经地清了清嗓，又调了下音。

还挺像那么回事——贺轻昀想。

直到吕年年按着弦轻轻地拨动起来，贺轻昀才相信，原来她是真的会啊。

尤克里里的声音很清亮，尤其适合在这样的夏日夜晚弹奏，前奏像海岛上的风一样从吕年年的指尖溢出——她弹的是《Cayman islands》。

这是吕年年那天晚上从贺轻昀那听过之后就开始练的歌，当时的她并没想到自己有一天真的可以弹给他听。

而贺轻昀觉得今晚的自己像在度假。

清爽的夜风、闪烁的星空、老旧的小楼、微醺的醉意，还有只为你一人弹唱的爱人。

他不由自主地放下自己所有的包袱，不由自主地随着吕年年一起哼唱起来。

可下一秒所有的声音戛然而止。

只见吕年年神色复杂地盯着他看。

还没完全醒酒的贺轻昀才反应过来 —— 他刚刚竟然开口唱歌了！

酒喝多了，人真的会飘。一唱歌就是"死亡之音"的贺轻昀从七岁起就发誓自己这辈子绝不唱歌。可他没想到"真香"永不缺席，只是会迟到。

这下完了，贺轻昀心里一阵紧张。

他站起来，背过身去，长吸了一口气，缓缓道："年年，我觉得我们还是先分开一段时间吧，在你忘掉这首歌之前。"

"哈哈哈哈哈哈哈哈哈哈哈！"吕年年笑到尤克里里都不要了。

她越笑，贺轻昀的心就越拔凉。

接着吕年年趿着拖鞋跑到他面前，双手捧着他的脸，找到嘴唇的位置，踮起脚亲了上去。

贺轻昀愣住了。

喜欢你，那么甜

她看着他说："可是你这样很可爱啊，我很喜欢。"

夜风不知道送来了哪朵花的清香，挠得他鼻子痒痒的，又有些发酸。

贺轻昀拨了拨吕年年耳边的头发，回应着她的目光。虽然吕年年素面朝天还穿着傻气的睡衣，但她的眼睛里像是盛着今夜所有的星星，那么认真，那么勇敢，那么熠熠生辉。

再一次不由自主地吻了下去，说："你更可爱。"

都说星光可以透过云层的夜晚第二天一定是晴天。

断断续续下了快一个月雨的梅雨季终于在七月的末尾悄然离场，转而到来的便是真正的夏季了。

在一个每年都会属于吊带短裤小凉拖、西瓜绿豆绵绵冰的季节，总会有人那么轻易地就闯进你心里，让你觉得整个世界都那么可爱。

比吊带短裤小凉拖还可爱，比西瓜绿豆绵绵冰还可爱。

在这个夏天，吕年年终于开启了一段属于自己的打着青梅饱嗝的微醺恋爱物语。

因为"可爱"，是爱情的最高礼赞。

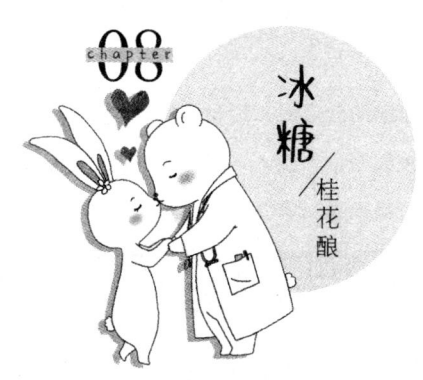

chapter 08 冰糖／桂花酿

深呼吸。

吕年年觉得自己仿佛又回到了很多年前,第一次鼓起勇气给杂志社投稿的时候,手指在键盘上颤抖不已。

【年年有鱼炖肉肉:社长您好,我关注您很久了,"吃吃吃吃吃鱼不"是我的小号,我们有互相关注,不知道您还记不记得?今天冒昧地私信您是因为我想以您为原型画一本漫画,以下是关于漫画的初步大纲和人物设定。但是您放心!我绝对绝对不会透露出您

喜欢你，那么甜

的个人信息的！只是漫画里或许会出现您的一些食谱，如果有涉及侵权的问题我立刻删除修改！希望您能给我授权。[给你小心心]】

从上次的居家约会之后，贺轻昀就一直鼓励吕年年去问"加餐饭社"要人设授权来创作漫画。鼓励的次数一多，吕年年在一个阳光明媚的中午，终于鼓起勇气照做了。

发完消息后的吕年年死死地盯着手机屏幕，时刻等待着"加餐饭社"的回复，可她又不敢一直盯着，因为等待的时间过于焦心，于是她微博、微信来回切换，以此掩饰内心的紧张。

如此往复了十几分钟，终于手中的手机一响——迎来了回复！

【加餐饭社：你好，首先谢谢你的喜欢，也很荣幸可以成为你漫画作品的角色参考人。菜谱你喜欢的都可以拿去用，只是有一点冒昧的个人私心，我觉得霸道总裁什么的不是很适合我，如果你愿意更改角色职业的话，我的本职是一名外科医生，不知道这个身份可不可以成为你的备用选择？】

吕年年的心跳得快要破胸而出了，第一次觉得胸太单薄也有不安全的时候。但也不知道这种情绪是紧张更多，还是兴奋更多。

【年年有鱼炖肉肉：愿意愿意，非常愿意！医生这个职业很好啊，我男朋友也是医生呢！】

【加餐饭社：是吗？那真巧。】

"干吗呢干吗呢，对手机笑得那么肉麻，认真吃饭，下午那台手术没七八个小时可拿不下来。"张恒反手用筷子头敲了敲贺轻昀的餐盘边，摆足了师兄的气派。

然而贺轻昀只抬头看了他一眼，他就默默噤声了，毕竟有时候压迫感和年龄、长相都没关，但和职位高低息息相关啊。

其实张恒一看贺轻昀那样就知道他是在和吕年年聊天，但他就是心理不平衡，谁让他的4S店店长媳妇比他一个外科大夫还忙，他也想聊甜甜的天，可没人陪他聊哇！

张恒叹了口"相思气"。

这一叹气像是触动到了贺轻昀心底似的，他忽然再次抬起头来，问张恒："你上班的时候想她吗？"

张恒先是一愣，毕竟认识贺轻昀那么多年，他还从没有主动和自己聊过谈恋爱的话题。他立刻就回神了，说："想啊！怎么不想！"

贺轻昀叹了口气："我也想。"

这简短的三个字吓得张恒一筷子豌豆差点塞进鼻孔里，却见贺轻昀说完这句话之后丝毫没有羞耻心，又低头继续在手机上打字，还笑得那么肉麻。

喜欢你，那么甜

完了之后他站起身，对还没吃完的张恒说："现在想想在一个单位工作也挺好的。"接着端起餐盘飘然远去。

秉承了多年"医护工作公私分明"的贺氏恋爱观的张恒愣了，他感觉自己此刻就像那些被大猪蹄子欺骗的良家闺女在回过神后只想说一句：呵，男人。

【加餐饭社：既然这样，那你可以借机考察一下医院的工作环境和流程，相信对你的漫画创作也有利。期待看到你的漫画。】

果然，不出他所料，在进手术室之前，他接到了吕年年的来电，兴致勃勃地说要抽空来记录他的医院生活，为漫画做准备。

贺轻昀欣然答应。

笑得像孙悟空同意打赌时如来佛的笑容。

正在为梦想喝彩的吕年年同学压根不知道，这只不过是她男朋友为了满足自己一边工作一边恋爱的私心而摆的一道局。

呵，男人。

入局的吕年年选了一个好日子上门来——八月十七，正是鹊桥连星汉的七夕。她原本是打着过节少讨些嫌的算盘决定的，毕竟她一个外人跟在科室主任身边进进出出,确实不太像话。

为了方便行事,当天值班的一干人等都被贺轻昀提前打了招呼。而吕年年还傻乎乎地特意挑了一条白色连衣裙穿上,试图默默混迹在护士小姐姐中。

这天她起了个大早,八点就赶到医院,正巧是贺轻昀要去查房的时间。

"你们是怎么做到每天早上六点多起床的,太可怕了……"吕年年扶着沙发顶,喘息未定。

贺轻昀笑着走过去,把手里喝到一半的水递给她,让她润润喉。

"吃早饭了吗?"

"没!"吕年年咕咚完水,响亮并自豪地回答。

贺轻昀一脸"我就知道"的无奈,摇了摇头,朝办公桌上指了指:"那里有蛋糕,自己拿。"

"好嘞!"

吕年年迈着小碎步跑过去,只见桌上放了两个小盒子,一个是浅紫色,一个是樱花粉。

她毫不犹豫地伸手捞过那个浅紫的盒子,结果捧着病历本的贺轻昀突然出现,从她手里把蛋糕拿了回去,他说:"你拿错了,那个才是你的。"

喜欢你，那么甜

"哦……"吕年年委屈地嘟着嘴。

可是等她一打开盒子，什么委屈都烟消云散了。这蛋糕她还真没见过，富有弹性的，像水晶果冻，上面嵌着一些泡开的野菊，点点嫩黄色将整个蛋糕都变得可爱起来，从切割的侧面来看，里面还有新鲜草莓粒。

"哇……"吕年年惊叹，"我都舍不得吃了。"她心想她家"加餐饭社"估计也就这水平吧，高手在民间啊。

说是舍不得吃，但手可没停下来，一叉子下去就切了一块放嘴里。是酸奶味的！还有芝士！

芝士浓郁的奶香被酸奶的爽口化解了不少，还有草莓粒里蹦出的果汁，和着原味的蛋糕底胚，将整口蛋糕的味道中和得非常好，酸酸甜甜，清新爽口，还带着几丝凉意，在这样的暑热里吃简直完美！

可还没来得及吃第二口，办公室的门就被人敲响了，随着贺轻昀的"请进"，门的那端探进一个脑袋来，是一个二十来岁的年轻小伙子。

那小伙子也披着白大褂，估计是什么研究生或者规培生，但他没料到贺主任办公室里还有一位年轻姑娘，明显愣了一下。

吕年年也差点被噎着,有点不好意思地放下蛋糕,抿了抿嘴唇,然后尴尬又不失礼貌地微笑了一下。

场面一时陷入了寂静,直到贺轻昀从病历本上抬头疑惑地看向他,那孩子才如梦初醒,磕磕巴巴道:"那个……贺主任,该查房了……"挠了挠头。

贺轻昀抬手看了眼表,果然不知不觉到点了,于是起身说:"好。"

他在临走前又转身折回办公桌,拎起那个浅紫盒子装着的蛋糕,顺便给了吕年年一个眼神。

于是吕年年会意,亦步亦趋地跟了上去。

"这蛋糕你不是留给自己吃的啊?"吕年年问。

在走廊上走着,身后还跟了一个实习医,贺轻昀只能微微侧身压低声音说话:"给轩轩的——就是上次被你分走一半蛋糕的那个小朋友,他快出院了。"

"哦……"说起上次还有点窘,于是她默默地主动从贺轻昀手里接过了那个蛋糕提着,贺轻昀笑着瞥了她一眼,也没拦着。

"那他怎么在医院住了这么久,很严重的病吗?"吕年年问。

"心脏移植。"由于快走到住院区,贺轻昀言简意赅。

接着再一转弯就看到了一群医生堵在门口,惨白一片,跟丧尸围城似的,吓得吕年年不由得倒退了几步,这场面真的有点大。

喜欢你，那么甜

贺轻昀都被惊着了，他说："怎么这么多人，除了主治医生、住院医生和实习生之外，其他人都散了吧。"

面面相觑之后人哗啦一下就散了大半，但身为主治医生之一的何玥还好好地待在队伍里，朝吕年年抛来异常丰富的眼神。

吕年年自动低头。

因为医院早上查房是为了进行科室的交接，一般没什么疑难杂症的时候主任是不会带队查房的，就是坐在办公室里听听手下的汇报就好了。

贺轻昀今天也是为了让吕年年感悟创作，才和张恒要了今早查房的工作。

所以这群人里，除了那一大半听说贺主任要来带队查房被吓得六神无主的实习医生之外，像何玥之类的部分人都是冲着八卦的心态凑热闹来的。

最终还是一大群人涌进了病房。

进门第一个床位是一位心梗入院的老爷子，贺轻昀一行进门的时候老伴正在给他削苹果，乍一看见这么多医生，老奶奶吓得果皮都削断了，颤颤巍巍地站起身来，还以为她家老头子是不是出了问题。

贺轻昀赧颜，忙走过去宽慰老人家："没事没事，例行检查而已。"

查看完床头夹着的名牌之后，他又瞥到了床头柜上那一袋子的苹果，问那老爷子："爱吃苹果？"

老爷子看起来是个傲脾气的，哼了一下没说话。他老伴笑笑，代他回答："是啊，我们那时候可吃不上这么大个的苹果。"

"挺好的，但要是太大个也没必要一次性吃完，注意少食多餐。"

因为这老爷子其实是便秘引发的心梗……由于这是个好面子的病患，贺轻昀也没在人前多说这点，主要是讲了一下接下来的治疗措施，比如抗凝相关的事情，包括控制他高血压方面的问题。

这么一路下来，吕年年跟在人群里疯狂做笔记，虽然很多专业名词她都不知道是啥，只能写个拼音应付。还好她为了今天特意穿了条白色连衣裙过来，在一群白大褂里不算太扎眼。

再往前走就是轩轩的床位了。轩轩正坐在床上用平板电脑看NBA直播，对这群医生过来没有丝毫兴趣。直到听到他妈妈给贺轻昀打招呼，"贺主任"这三个字像是有魔力一样，让轩轩立刻把平板电脑一扔，转头就叫："贺叔叔好！"

他竟然这么招孩子喜欢，吕年年挺意外的。

喜欢你，那么甜

"最近怎么样，感觉身体有力量了吗？"贺轻昀弯腰问他，轩轩手边的平板电脑上闪过湖人队的黄色球衣。

"超级好！"轩轩支起他的小胳膊，兴冲冲地说，"等我回家了我也要开始练螃蟹步！"

"加油！"贺轻昀跟他击了个掌，"循序渐进哦。"

"嗯嗯。"轩轩的小脑袋点得铿锵有力。

"为了奖励你，叔叔给你带了蛋糕。"贺轻昀摸了摸他毛茸茸的脑袋。

轩轩大概是有吃货潜质的，一听蛋糕眼睛瞬间就亮了，不知道他的 NBA 梦会不会败在蛋糕的脚下。

吕年年立刻拎着蛋糕从人群里鱼贯而出，蹲在病床旁边把蛋糕递给轩轩："这个超好吃哦，里面还有酸奶和芝士！"

轩轩兴奋得不行，赶紧把病床上的小餐桌给支起来，给吕年年放蛋糕用。他问："姐姐怎么知道是什么味的啊？"

"呃……"一声姐姐虽然叫得吕年年心花怒放，但这个问题还真是直白，她只能实话实说了，"因为姐姐刚刚吃过啊。"

"奇怪……"小朋友喃喃自语，"贺叔叔的蛋糕都是外面买不到的啊……"

三秒之后，也许是味蕾刺激了他的记忆，他突然想起了上次那个只剩了一半的芋泥草莓千层蛋糕。

他当时问贺叔叔"她也是像我这样的小宝贝吗",贺叔叔给了肯定的答复。

于是小朋友叼着叉子惊喜地睁大了眼睛,叫出声:"啊!原来姐姐就是贺叔叔的小宝贝啊!"

"……"

"……"

"……"

贺轻昀没想到上次送蛋糕时候随口说的话,竟然真的被轩轩记了下来。

吕年年的脸已经红成了西红柿,恨不得自己从没来过。贺轻昀还佯装威严淡定地站在那里,喉咙里其实不由自主地想咳两句来缓解尴尬。

至于何玥他们浩浩荡荡一大批人,在人群里低头想笑又不敢笑,但又万分兴奋——没想到贺主任当真送了人民大众一个喜闻乐见的八卦。

只是没料到有一位,没憋住真的笑出了声。

气氛霎时凝结,众人心中为这个初出茅庐的小实习生默哀,这不是往贺主任枪口上撞吗?

"查房是一件很好笑的事情吗?"贺轻昀冷着脸转过身来,一眼揪出那个胆大包天笑出声来的傻小子。

"我问你，如果21床的那位老人家高血压已经达到了三级，他的抗凝时间最晚不能超过几小时？如果还有伴发室上性心动过速，应该给什么药？"

"呃……嗯……最晚不能超过……八小时？"傻小子战战兢兢，脑子突然一片空白，硬着头皮磕巴道，"室上性心动过速的话，应该……应该……"

"呵。"贺轻昀冷笑了一声，可怜的实习生吓得快哭了。

"何玥，你告诉他。"

"啊？"突然被点名的何玥也愣了一下，好在她业务素质状态过硬，不至于一吓就啥也想不起，"抗凝时间最晚不能超过六至八小时，如果伴发室上性心动过速的话，可以用普萘洛尔加阿司匹林，嗯，还有氯吡格雷。"

"听见了吗？"贺主任继续教育实习生，"临床医学重在临床，它不是考试，当病情来的时候并不会给你思考的时间。所以你的精力应该随时集中在病人和研究上，而不是八卦。"

正巧来换点滴袋，啥也不懂的小梅认可地点了点头。

上午的查房就这么结束了。

吕年年跟着贺轻昀回到办公室。

刚一关上门吕年年就笑了起来，她搂着贺轻昀的脖子调戏道："贺主任，你好凶啊，哈哈哈哈哈哈！"

贺轻昀一边露出无奈的表情，一边挣脱吕年年的手："别抱着蹭，白大褂很脏的。"

吕年年松"爪"先让贺轻昀把白大褂脱下来，然后又挂到人家身上去了，跟他头抵着头，笑得促狭："我是你的小宝贝，嗯？"

贺轻昀有些不好意思了，躲闪着："别闹……"

"你说啊，是不是？"吕年年并不放过他。

她贴得太近，近到贺轻昀垂眉低目看着她的时候，甚至能看到她的一缕发尾打着弯，俏皮地从自己的领口钻了进去，黑发轻扫着白皙的、起伏不定的皮肤。

吕年年自己没什么感觉，贺轻昀却觉得痒极了。

办公室是一个极为封闭的小空间，不论是冷气暖气还是暧昧的气息都弥漫得飞快。

他料想查房的时候刚示过威，现在应该不会有人不长眼冒冒失失就直接闯进来。这么想着，他觉得是时候该惩罚一下这只不依不饶的小猫咪了。

于是，贺轻昀圈住吕年年的腰，一转身就把她压在了办公室的沙发上。

喜欢你，那么甜

他吻了过去，急促却轻柔，热切又缱绻。

吕年年被压在沙发上，感受到的是他身上排山倒海而来的气息——那股熟悉的她从前只敢在衣服上偷偷闻的木质香气。

吻到办公室的饮水机重新加热完毕，贺轻昀强迫自己刹住车，倒在吕年年的脖颈旁，呼吸的温度比以往任何时候都要滚烫："我那时候对轩轩说，'你是我的小宝贝'。"

刚接过吻的声音有些暗哑，他说得很缓慢，于是喉结滚动间，声波像固体传导一般落入吕年年的五脏六腑，她只觉得自己接个吻像中了化骨绵掌一般，失掉了全身的力气。

她全身发软："你快起来，我觉得我没力气了……"

贺轻昀听话地站了起来，笑着说："是我的错。"

吕年年思维清奇，"明撩"有时不如"暗骚"，在办公室里接吻坦坦荡荡，一句意向不明的话却让她红了脸："那你对自己吻技还挺得意的？"

"你在说什么。"贺轻昀故意挑了挑眉，憋着笑，"我的意思是忘了让你先吃完早点。"

吕年年恼羞成怒地白了他一眼，跑过去吃蛋糕去了。

贺轻昀只是笑，笑得像运筹帷幄之中，决胜千里之外的谋士。

果然，三分钟之后，蛋糕吃到一半的吕年年从嘴里吐出了一颗硬糖，仔细一看，是一颗鲜红的草莓味的心形硬糖。

不知何时走到她身后的贺轻昀将她轻轻抱住了，俯在吕年年耳边说："七夕快乐。"

所以，刚才才不让她吃紫色盒里的蛋糕！

啊啊啊，太有心机了吧！可是她就吃这套哦……

吕年年"嘤"的一声转身把脸埋进了贺轻昀的怀里。

只要用心，没有女孩子是哄不好的。

贺轻昀深谙此道。

而何玥的命就不一样了，不仅没有蛋糕吃，算下来距离徐忘忧的手骨折已经五十天整了，那么成天看养生类节目，突然信奉以形补形的徐忘忧就炖了多少天的大骨汤。

何玥现在一想到回家又要闻着大骨汤的味道入睡，她就想和人换夜班……

"唉……"她一脸沧桑地启动了她的红色小奇瑞。

但令她没想到的是，打开家门的一瞬间，扑面而来的是黑椒和肉类被炙烤过后万分诱人的香味，有着辛辣的、浓郁的、勾得人唾液横飞的最原始的肉香。

天哪！是牛排的香味吧，还放了胡椒粉、海盐粒和迷迭香的

喜欢你，那么甜

那种！

何玥第一次感觉她家老旧的灯泡散发出的橘黄色灯光有家的味道。

她热泪盈眶地冲进了家里，但是餐桌上、厨房里啥也没有。终于，她退出来问吊着胳膊的徐忘忧："牛排呢？"

"我吃完了啊。"他眨眨眼，万分无辜地舔了舔嘴。

只见他面前果然放了一个空白盘，除了酱汁和调料就什么也没有了。

何玥想打人，她捏紧了拳头，痛心疾首地问："你为什么，不给我留一份？"

徐忘忧继续无辜地眨眨眼："你自己说再也不想吃我的东西了，让我在你回家前处理干净。"

"我说的是大骨汤啊大骨汤！"何玥泪淹黄河。

"没关系的，你先去泡澡吧，我已经给你放好水了哦。"小奶狗大概天生都有撒娇潜质，一点不生气，笑眯眯地宽慰何玥。

"放什么水，我都是淋浴啊⋯⋯"何玥一面念念叨叨，一面还是默默地拿了浴袍去了浴室。

刚一走进去，何玥就怒了，再一次咬牙切齿地吼道："徐忘忧！水不要钱买的啊！"

她从搬进来起就没有用过的全自动加热按摩浴缸被洗得白白亮亮，一池子热气腾腾的水在那里等待着主人的临幸。

而何玥，想不起SPA，想不起放松，也想不起小憩，她像家长一样想到的是"得费多少水多少电啊"。

可是放都放了，不能浪费，何玥还是乖乖下水了。

水温在这样的夏天里来说有些烫了，但当她真的完完全全躺下去之后，稍烫的水温浸润着四肢百骸，真的很缓解疲惫的神经和肌肉。

真香。

何玥长长的舒了口气，闭上眼睛。

可还没等她放空，浴室的门就被敲响，是徐忘忧，他隔着门说："我在放香波的地方放了一颗泡泡浴球，你把它放进去捏碎。"

"哦。"何玥远远地回答，但内心满是嘀咕，泡泡浴球？什么玩意儿？

这东西拿到手之后一眼看过去像超大版的阿尔卑斯棒棒糖，表面是磨砂感的颗粒，应该很好融于水。

何玥持怀疑的态度把它放进浴缸，用手搓了搓帮助它融开——真的有泡泡！

何玥惊恐地睁大了眼睛，异常绵密的泡沫以难以理解的速度扩散开来，吓得她差点从浴缸里直接站起来。

喜欢你，那么甜

但真的完全融开了之后，整个人都陷在泡沫里的感觉还是挺好的，也许是里头还加了些精油，丝丝缕缕的香气和着热气一起蒸腾了上来。

人大概都是天生的享乐动物，一接触起精致小资的生活立刻就上道了。

何玥已经完全享受起今晚的泡澡生活，并且开始幻想自己是电影里的度假女郎，这时候应该来一杯红酒，听一听音乐。

没想到，接下来她这个想法还当真实现了。

一丝在这个场合下略显诡异的肉香迫使何玥睁开了眼，迎接她的是笑得像柴犬似的，用叉子叉着牛排在她鼻子底下晃悠的徐忘忧。

而且还真的配了一杯红酒。

下一秒她才反应过来自己现在是光着身子在泡澡，马上拿起手边的香皂就扔过去，尖叫道："你来干吗啊，出去！"

徐忘忧的声音里满是笑意："你别乱动啊，你一动泡泡晃开了，我就真能看见了。"

何玥立即偃旗息鼓。

"那你放下吃的快滚吧。"何玥扭头面无表情地说道，其实脸都红了。

徐忘忧反倒赖了下来，嬉皮笑脸地说："我喂你吃啊，今天可是中国的'情人节'。"

这个别扭的叫法让何玥一愣，反应了半天才明白他说的是七夕节日。

何玥无语地叹了口气，咬下叉子上的牛肉，呜咽着说："什么中国情人节，这叫七夕，也叫乞巧，有来历的。笨。"

"那你给我讲讲这个故事吧。"徐忘忧拉了个小板凳过来坐在浴缸旁边，撑着脑袋看着她，脸上带着不自知的微笑。

何玥躺在浴缸里，一口酒一口肉地享受着徐忘忧的服务，开始给华裔小朋友讲牛郎织女的故事。

这真是一个谜一样的场景。

结果才刚讲个开头，说到牛郎偷看织女洗澡，徐忘忧立即接话"这不就是我吗"，气得何玥想吐血。怎么着，你还很自豪了？

此后整个故事，徐忘忧小朋友都开始带入自己和何玥，并在故事最后"鹊桥相会"的情节里流露出做作的悲伤表情。

何玥心想，真丢人。

徐忘忧忧心忡忡地问："要是你爸妈也像王母玉帝那样反对我们怎么办？"

"安心。我爸早逝，我妈另嫁，我家只有我和我奶奶，她老人

喜欢你，那么甜

家巴不得我快点结婚呢。"

"是吗？"一听到结婚，徐忘忧眼睛就亮了，小板凳往前挪了挪。

"不过我目前还没有结婚的想法。"

"哦……"

小奶狗委屈地低下了头。

"话说……"都快吃完了何玥才想起来问这个问题，"你还吊着胳膊呢，你怎么把牛排切块的？"

说到这个徐忘忧可就不困了，他精神奕奕、满面红光地说："我用你放在家里的新手术刀切的啊！非常快非常好用，单手挑筋也不在话下！"

爱刀如命的何玥差点吐血在浴缸里，她丧失了全部理智，从浴缸里破水而出，站了起来。

可惜出师未捷身先死，还没站稳，对徐忘忧的讨伐也还没打响，她就脚底打滑一屁股摔了回去。

唯一值得庆幸的大概就是，因为速度太快，泡泡太多，重点部位什么的都没被徐忘忧看到，否则她反过来之后会想把自己捅死。

似乎脚腕脱臼了，何玥坐在浴缸里痛到表情狰狞。

真是个心眼直的傻姑娘，徐忘忧无奈地笑了笑，当然也有一点点为自己没有看到的而惋惜。

"还能走吗?"他问。

何玥尝试着在脚上使力,完全不行,然后可怜巴巴地冲他摇了摇头。

徐忘忧叹了口气,正经起来,他闭紧自己的眼睛,让何玥先搀着自己单脚站起来。

"用花洒冲一下泡沫再把浴袍披好。"他说。

"哦。"何玥应得乖巧,其实还是悄悄地在看他闭紧了眼睛没有。

徐忘忧拆穿她:"你放心,我不会真的像牛郎那样,做让自己配不上你的事。"

呵,就知道这个戏精小子刚刚全是演的,就是赖着不想被赶走而已,还什么听故事。

何玥撇撇嘴,但又挺为徐忘忧的三观而心动的。毕竟虽然都2019年了,也会觉得牛郎其实是一个配不上织女的猥琐的男生,还是如此稀少。

何玥最终还是撑着徐忘忧的于站了起来,单脚立在浴缸里,先把水抽空了,再把花洒拿下来冲了冲泡沫,最后用浴袍给自己裹好。

喜欢你，那么甜

"好了。"何玥说。

徐忘忧这才睁开眼睛，看到她头发湿答答地往下滴水，脸被热气蒸得粉粉嫩嫩的。她咬着嘴唇，眼神很紧张地盯着他看——从她抓得紧紧的手就可以感受出来。

也许是东方血统骨子里的审美基因，徐忘忧觉得这样眼如水杏、脸若银盆的女孩真的太美了，比那些高挑的眉深颧骨、玲珑曲线的金发女郎要美太多。

他喉头不自觉地动了动，但什么也没说，只是转过身去蹲了下来，示意何玥趴到他背上来。

显然他被这个蜜桃熟龄的大姐姐怀疑了，何玥把手环在胸前挑了挑眉，问："你都这样了怎么背我？"

徐忘忧也不甘示弱地回挑着，说："我一只手也能背你。"

三分钟后，何玥被放倒在了自己的床上。

徐忘忧不知是故意的，还是因为惯性的力量真的太大，和她一起倒在了床上，用完好的那只手撑在何玥脑袋旁边，俯视着她。

"咳，那什么，不错啊。"何玥尴尬又不失礼貌地夸赞了一下他，"还挺有男子气概啊，哈哈哈！"

这话徐忘忧听着就不乐意了，他瞬间贴近了何玥五厘米，暧昧道："难道不是'男友力'吗？"

何玥又被撩住了,所幸徐忘忧也没指望她回答什么,翻身下来蹲在床边,用手捏住她的脚踝开始轻轻发力。

"你干什么?"何玥心中一紧。

徐忘忧没理她。

"啊啊啊啊啊啊啊啊啊!"

突如其来的疼痛让何玥一秒化身土拨鼠。

徐忘忧竟然一言不发地就把她脱臼的脚踝给复位了。何玥两眼泪汪汪。

他的正骨手法还是挺利落的,"咔嚓"一下就搞定了,接回去之后痛感瞬间就减轻了很多。接着,徐忘忧又去冰箱拿了两块冰来给她敷着消肿。

"你这手法哪儿学来的啊?"何玥坐在床上撑着下巴问他。

徐忘忧蹲着帮何玥按摩,抬起头来回答她:"你不知道美国到处是武馆吗?"

"好吧……"看来中国被渐渐忽视的传统反而在国外发展得更好。

何玥就这么一直从上往下地看着徐忘忧,他的脑袋中心只有一个旋,长得正好,偶尔露出低垂的眉眼和鼻梁,这么一本正经的时候倒不太觉得他是一个年龄比自己小的男孩。

有时也会有想依赖的感觉啊。

喜欢你，那么甜

徐忘忧仿佛听到了她心里的感慨一样，按摩就在此刻结束。他站起来俯身吻了何玥一下，温度在嘴唇上一触即逝："情人节快乐，晚安。"

可他没想到自己转身之后竟然被拉住了手——只见何玥微微抬起头，但眼睛又躲闪着不敢看他，结结巴巴道："你就在这儿睡吧。"然后补充，"我是说！我脚还没好全，要是我晚上想上厕所……"

何玥的嘴被堵住消音了。

一栋栋楼的灯光相继熄灭，在那每个大小各异的窗户里，是另一个世界的开始。

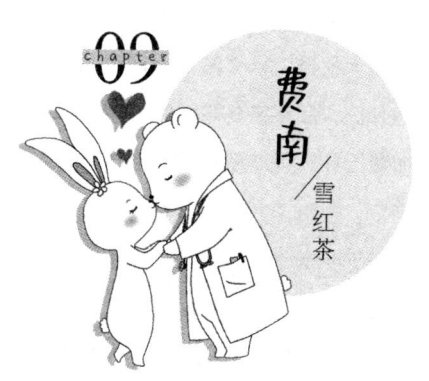

chapter 09 费南 / 雪红茶

【这是什么绝世彩虹糖!太好吃了吧,呜呜呜!】

【一人血书求太太开长篇连载好吗!】

【这设定我太吃了!并且大半夜的看饿了又点了外卖,肉肉你赔我钱!】

【名字什么的也很有意思啊,这是什么神仙!】

【太太的画风还是那么独一无二,空镜也太美好了吧,我哭得好大声。】

喜欢你，那么甜

……

九月的末尾，金秋微凉，蟹满膏黄。

夏天的夜市还未收摊，秋天的瓜果却已经接上了时节，在这个令人口舌生津的月份，吕年年在微博放出了漫画的第一期连载。

这个以"加餐饭社"为原型的美食都市恋爱漫画，被吕年年取名为《气泡守则》，勾引了数以万计粉丝的口水，一时在绘画圈被转疯了。

吕年年躺在床上翻评论看，心稍稍定下来。

突然"叮"的一声，贺轻昀来微信了：【你的漫画口碑不错啊，恭喜了。】

【吕年年：那当然了，也不看看我是谁！】

贺轻昀把手揣在白大褂的口袋里，低头对着手机笑得很开心，在走廊上边走边回：【那你接下来是走网络连载还是纸媒出版？】

【吕年年：应该是同时进行吧……前段时间就有出版社来找过我，但是我还是觉得前期可以在网上先连载，和读者互动，积累人气什么的。】

【贺轻昀：加油，但赶稿也要注意身体，我先去开会了。】

【吕年年：去吧，么么哒。】

吕年年满足地叹了一口气，抱着手机躺在床上，旺仔跳上来窝在她身旁——爱情正好,事业也正好。

好到什么事情都不想做,只想这么躺一整天。

但这些相比于三分钟后的那条消息来说,就都算不了什么了。

"叮"——【来自"加餐饭社"的微博:第一本烹饪教程图文书正在制作中,年底上市,敬请期待。】

吕年年惊起,她忽然就设身处地的明白了那些在她微博下嗷嗷乱叫的小崽子的感受。

这么开心的事当然第一时间要和男朋友分享啦,差一点把电话拨过去的吕年年突然想起刚刚贺轻昀说去开会,于是悬崖勒马,改成发微信:【你敢相信吗!饭饭也要出书了!哈哈哈哈哈哈,我的天哪!】

【你说不会还正好和我同一家出版社吧?啊啊啊啊,我要去问问我编辑!溜了溜了,你好好开会!】

静音模式下贺轻昀的手机屏幕亮了起来,他在院长的唾沫横飞下直接点开看,简直胆大包天。

其实吕年年这个反应在他进会议室之前将那条微博发出去的时候就预见到了。

算是给她的一个礼物吧,贺轻昀在心里笑了笑。

早在两年前,他作为"加餐饭社"刚开始小有名气的时候,就

喜欢你，那么甜

有很多图书出版业和新媒体的人来私信找过他，但都被他回绝了。

这毕竟只算他一个爱好而已，也不打算为此花费多少心力。

但是耐不住每天吕年年在他耳边吹"彩虹屁"，鬼迷心窍之下，他竟然答应了一个来私信他合作出版的小编。

正巧能在十二月圣诞节上市，他打算拿着这本书当场签名给吕年年，就这么顺理成章地撕掉身上的"马甲"。

只是他们谁也没想到，像漫画情节一样的戏剧转折会这么突如其来，汹涌而至。

一个多月后，天气逐渐转凉，不声不响就立了冬。吕年年的《气泡守则》在微博更新到了第三话，本来是个粉丝手舞足蹈的日子，但是评论里渐渐多了别的声音，很突然，却是互联网上每天都在发生的事。

【坐看吹箫小仙女：没人觉得这个漫画的人设和情节似曾相识吗……】

【nigu222_：+1。】

【杳杳之森：如果我没记错，楼上说的不会是小么的《怎么可以吃兔兔》吧。】

【坐看吹箫小仙女 回复 杳杳之森：是的……虽然是本小众的书，但一直是心头好TAT。】

【一日在上天天在上：去翻了一下《怎么可以吃兔兔》，真的蛮像欸。同样是一个医生一个护士，然后男主都有一个第二职业，女主都是男主的粉丝，还都是先同居后恋爱，惊了。】

【摸YaYa吗：最主要的是兔兔在去年就完结了。】

【Billie bot：所以又是一个抄袭狗吗？[吐]】

【_ooococo_：楼上话不要说太满，小心打脸。】

【午夜列车：现在《气泡守则》才刚出三话，怎么哪里都不得消停。】

【苏打水希子：求KY精（指没眼色、不会按照当时的气氛和对方的脸色做出合适的反应的人）滚出好吗，不爱看别看，你们也就只配看无脑言情。】

【tomato&love 回复 苏打水希子：本来我只是路人，但这句话真的看不下去了。言情小说怎么了，你们看的还不是恋爱漫画。果然漫画圈的低龄粉更可怕啊，转黑了。】

【坐看吹箫小仙女 回复 tomato&love：建议小姐姐关一下评转和私信权限，估计一大波漫画粉就要抵达战场了。】

【风间樱子女士@爱码字的小Moo：小么你看一下眼熟不？】

……

喜欢你，那么甜

都不用一觉醒来，日常夜猫子的吕年年是眼看着这些争论一点一点发生的，她也不知道怎么就发展成这样了，但她什么话也没说，只是蹲坐在椅子上睁眼到天亮。

最先联系她的人是贺轻昀。

"喂。"像磨损之后的唱片机一样，吕年年才发现原来一晚上没说话也没喝水之后的声音是这样的。

贺轻昀一听她的声音就什么都懂了，只问："你还好吗？"

"你看到微博了？还好啦。"吕年年发现睡裤的脚边上留了一根线头出来，但没想到越拉越长，好像没有尽头似的，可是握着电话用单手也扯不断。

那边没有回答她。

她只能仓促地笑了一声，尽量让声音听起来回归正常："真的还好，这种事情也不是第一次经历了，今年年初不也是各种本子被'鸽'了吗。我没事的。"

贺轻昀还是没有说话，但他知道这怎么可能没事。作为一名创作者来说，因为尺度问题而不被批准虽然是委屈的，可你依然还有无数的支持者站在你身后，和你一起抵抗。

但是被打上抄袭的标签之后，你要眼睁睁地看着那些原本喜欢你的人一个个转身离去，或者转而开始攻击你。看着自己花过这么多心血的作品只能永远的尘封箱底,而你百口莫辩。

不说话你就是心虚了,解释了就说你死不悔改,道歉就是自己默认抄袭了。

怎么做都是错。

怎么可能会没事。

"我……"贺轻昀在人生三十年的经历中第一次感到了什么是手足无措。

可是紧接着就有护士跑过来了,大喊着:"贺主任快来,37号床手术大出血了!"

"你先好好睡一觉。"他本能地直接挂了电话,跑去手术室。

"嘟嘟嘟嘟嘟……"

吕年年听着电话里的忙音,像行尸走肉般缓慢地也点下了挂断键。

她知道贺轻昀也许是想说过来看她之类的话,但他的职业又岂能说走就走,最忙的时候是连"再见"也来不及说的。

第二个找她的人是编辑,挂完电话的时候微信上已经有十几条未读消息了。

【雨雪霏霏:肉肉你还好吗?我一起来就看到微博上那些了。】

喜欢你，那么甜

【雨雪霏霏：糟了，刚刚主编都过来问我你的事情了，我跟她保证说你没有抄袭。我从上学起就看你漫画，我是非常相信你的，但是现在这种情况你要不要先在微博解释一下啊。】

【雨雪霏霏：不不不，还是先别解释，免得越说越乱，直接停止网络连载吧，到时候直接换个名字走出版，估计那时风头也下去了。】

【雨雪霏霏：上周我们就给你预订好了今年年底的书展签售展位，肉肉你要振作啊，我们这些铁杆粉都挺你的！】

……

【吕年年：谢谢你，我没事的啦，只要不影响到你的业绩就好。】

【雨雪霏霏：不会的不会的，你千万别多想。】

吕年年深吸了一口气，强行给自己打气，先给旺仔换了干净的猫砂，添上猫粮，再去卫生间洗了把脸。

她像个机器人一样做着这些日常杂事，然后把PS打开照着之前自己的草稿开始勾线。她想让自己忙起来从而无暇去顾及这些流言蜚语。

Ctrl+Z。

Ctrl+Z。

Ctrl+Z。

……

撤销快捷键都要被她按烂了，她一笔都没画出来，突然就觉得特别委屈，特别特别委屈，眼睛里好像有什么热热的液体要夺眶而出，又被她强硬地压制回去。

她越来越没耐心，像发泄似的，拿着笔自暴自弃地在板子上一通乱划。

"叮叮叮……"

又是一连串声，大概是平板电脑上的消息提示音忘了关。吕年年终于没忍住，直接哭了起来。

又一次引起风波的是《怎么可以吃兔兔》的原作者小么。从昨晚开始，就陆续有书迷和吃瓜群众@她。直到今天上午，她在微博发了一条含沙射影的消息——【爱码字的小Moo：装修好累啊，我也想直接住进精装房，呜呜呜！[哭了]】

于是评论一下子爆了，各路牛鬼蛇神尽数现身，有不明真相一起附和装修房子真的很累的，但更多的是各类"解读帝"。

【摸YaYa吗：哇，正主出来打脸了。】

【爱上莫妮卡：小么说得太对了，构建一个故事的世界观就像

喜欢你，那么甜

装修房子一样，哪有这么容易，堂而皇之的用设定不可耻那什么才可耻。】

【坐看吹箫小仙女：我已经开始做调色盘了，大家等我！】

【milk 泡凤爪 回复 爱上莫妮卡：她会抄不是很正常吗，就没见过她画大原创，永远在画同人蹭热度，前段时间不是还被抓了，不知道是不是抄到人家真主去告她了，有的人永远不知道悔改。】

【中森财团大小姐 回复 milk 泡凤爪：同人怎么了，我就不信你没在网上求过粮，总好过你这种人。】

【milk 泡凤爪 回复 中森财团大小姐：不好意思，我这种是好人。［微笑］】

【¥¥ 药丸：坐等小仙女的"调色盘"，到时候不就是某人的抄袭实锤了吗？】

【来自"翡冷翠的小月亮"：漫画从来就是一门综合艺术，曾经有幸和肉肉老师一起给《绘慢堂》画过周年纪念中篇漫画，从框架到人设微表情，从分镜到上色排版，肉肉老师都教会了我很多。在没有看到作品全貌之前请某些人冷静一点。】

【谁教我织鸡蛋兜：月亮君好刚啊，那那……那我也跟月亮一起站队吧，希望肉肉不要辜负月亮的信任。】

【午夜列车：就知道月亮会站出来说话！肉肉你看到了吗，还

有很多人在爱你啊［爱心］】

【海沟两万里：月亮你的漫改动画都快上映了还是别掺和这种事了吧，免得惹一身臊。】

【来自"一颗葡萄精"：都是创作，可就是有人喜欢分高低贵贱，之后小说封面插图稿别找我了吧。［摊手］】

【来自"微晰"：很多人觉得漫画就是画面，似乎漫画的情节永远都比不过小说，但小说能做到的漫画也能，可是漫画能做到的，小说不一定能。】

【中森财团大小姐：感觉首页的绘画圈大佬们都怒了……是不是要和网文圈开撕了啊。】

【风好大我好冷：这些年官方向同人借梗的还少吗，指不定谁蹭谁热度呢。还什么装修好累，这两天您粉丝应该疯涨了吧，背地里不知道笑得多开心哦】。

【_ooococo_：我去，你们都是黑粉吧？肉肉自己都还没说什么，你们就开始疯狂引战了，还嫌事情不够大吗？】

……

微博上说什么的都有，以前吕年年自己也只知道看热闹，现在她才知道网络暴力有多可怕。

喜欢你，那么甜

吕年年自嘲地笑了一声把手机扔一旁，电脑上乱七八糟的画面也没处理，直接被她一按电源键强行关闭了。

她靠在办公椅的椅背上，从暴躁、委屈到心如死灰。头仰对着天花板，脑袋里好像什么都没有，又好像是海里所有的垃圾都被海浪拍打上来的感觉。

旺仔大概真的是有灵性的一只猫，它第一次迈着优美的猫步走到吕年年椅子旁边，轻轻一跃跳到了她腿上，抬头看了她几秒，然后窝了下来，闭上眼睛用头蹭了蹭她。

一人一猫就这么静静地坐着。太阳一点一点沉下去，从树隙里透出来的光一点一点下移，一点一点失去温度。

渐渐地，天就黑了。

而那端，贺轻昀才刚出手术室，还没脱下塑胶手套就被一脸张皇失措的何玥冲过来抓住手臂，她问："你知道年年漫画的事吗？"

"嗯，早上看到了。"

"还早上啊。"何玥暴躁地叹了口气，"现在事情已经越演越烈了，有人做了漫画和小说的调色盘，还有人都已经建了她抄袭的超话，现在已经上热搜了。但她的电话，打不通。"

"嗯。"贺轻昀不自觉地捏紧了拳头。

还好何玥明白他，立刻从口袋里拿出一把吊着Q版铃木园子的钥匙，她说："这是年年放在我这里的钥匙，你过去陪她吧。晚上的手术我来。"

"谢了。"他脱下手套和无菌服，一把接过钥匙。

医院所有的工作人员都纷纷侧目，后来的他们都深刻地记得这一天。因为这是他们第一次看见贺主任除了在抢救的时候，在走廊上这样奔跑。

"咔嗒！"是门开了又关的声音。

房子里一片漆黑，只有外面透进来微弱的光，贺轻昀一眼就看到了抱膝坐在工作室椅子上的吕年年，一人一猫的影子在夜晚的深蓝中影影绰绰的。

他也没有开灯，径直走了过去，站定在她身边低头看着她。

直到数秒之后吕年年才反应有人来了，她迟钝地抬起头，说："你怎么来了？"

贺轻昀本想说她太没有安全防范意识了，可她这个样子，他什么指责的话都不忍心再说。

于是他什么也没说，弯下腰将她一把抱了起来，最后把她放在了沙发上。

"饿了吗？"他问。

喜欢你，那么甜

"嗯。"她一如既往诚实得很可爱。

贺轻昀差点不合时宜地笑了。

他起身想去厨房给她做点吃的，却被她一把抱着，她的手环在他的腰上，脸靠着他的肚子。

"那你帮我点外卖吧。"

是了，自己在她那里的印象是完全不会做饭。

"好，可是我得先去洗个手，刚从医院出来。"

"嗯。"吕年年乖乖放开他。

在洗手的空当，他掏出手机大致地看了一下微博，叹了口气。现在几乎是一边倒的言论，抄袭指责已经变成了立场争论，绘画圈的很多人还将文画对立的局面一并推到了吕年年身上。

出版社加V号早前发的漫画宣传微博下也是骂声一片。

那些她的真爱粉也渐渐式微，有些是立场不定被洗脑倒戈，有些是被骂到不敢再说话。只言片语支持鼓励的话要么石沉大海，要么就被推到前排，人人都可以怼一句。

他登录回自己"加餐饭社"的账号，想了想，发了一条微博。

【#截图# 其实关于医院的设定是我提出来的，这个世界上存在着数不尽的巧合。】

但是,从没经历过这些的贺轻昀哪知道什么叫作人言可畏。医学中的"正确"向来分毫偏差不得,对就是对,错就是错,数据和生死就是证明。

他以为这样情况会有所好转。

"你看,加餐饭社帮你发言了。"贺轻昀将手机递给她,在她身边坐下。

吕年年神色茫然地接过手机看了看。

【谈恋爱吗饭友:啊啊啊,饭饭你瞎掺和啥啊,这不关你事好吗!】

【¥¥药丸:哇,又有新人加入了,那个什么肉肉到底骗了多少人啊,现在是不是又在对别的大V哭?】

【风间樱子女士:不是蠢就是同伙吧!】

【Vvida-A:就一张职业设定的图恐怕翻不了盘吧,大家还是散了好,感觉像在合伙炒热度。】

【打包加两元:这个女的什么鬼啊,我们饭饭根本不混圈的好不好,你们要骂去别处骂,真当我们饭社后厨没人了。】

留言超过了贺轻昀的预想,他慌不择路地把手机按黑扔到一旁,将吕年年抱在怀里,不想让她再看到这些。

喜欢你，那么甜

"对不起，是我不好。"贺轻昀现在万分后悔，他不该为了一己之私让吕年年随意改设定，也不该和她一起决定情节的发展，更不该自以为是地以为自己的言论能扭转局面，反而加深了网络矛盾。

最不该的是，他竟然让她独自一人面对着这种情况一整天。

事已至此，只能把来龙去脉都和盘托出了。

窗外的风已经开始有寒冬的影子，今晚是冷空气在这个季节的第一次南下，打着卷的风狂啸在楼房的空隙间，呜咽鹤唳。

未来的天气只会愈加冷。

何玥终于忙完了医院所有的活，徐忘忧前段时间刚把绷带拆掉，这会儿每天泡在医院里整理数据，把之前的工作量补上，比何玥还忙。

她只好独自走去停车场，风在一秒之间就从衣领里贯穿了全身，带走她仅剩的热量。

何玥不由自主地抱紧手臂打了个抖，看着冷峻的夜色，心想不知道比 S 市更偏北一点的家乡是什么天气。

算起来，奶奶好像也很久没和她联系过了。

何玥的心跳没来由地紊乱了片刻，但她没对任何人说。

心力交瘁的吕年年躺在贺轻昀怀里总算睡了个好觉,第二天清晨她是被编辑霏霏的电话惊醒的。

"喂,霏霏。"

"我是苏文莉,摩卡图书的总编。"

"啊,您好。"吕年年尽量让自己的声音听上去更清醒些。

"网上的事情现在已经完全闹开了,为了减少公司损失,我们决定将你漫画的首印量减少到最低,也就是只有三千册。你能接受吗?"

"嗯。"

"你不接受也没办法,要么就是直接解约,其实这个公司也挺有倾向的,我们可以酌情不收你的违约金,大家双赢互不损失。"

吕年年迟来的愤怒终于来报到了,她咬了咬嘴唇,生硬地说:"不,我要出。书号都拿到了为什么不出。"

"那年底的书展签售呢?"那个总编似乎没想到她这么有勇气,于是搬出最后的砝码,语气里满是奚落。毕竟如果这事一直风波不停的话,到签售的时候有人带臭鸡蛋来打也不奇怪,识相点的人应该早点知难而退才对。

可是她不知道吕年年本来就是莫须有的罪名。

"我去啊。"吕年年抠着被角,语气突然嚣张,像什么穷途末

喜欢你，那么甜

路的太妹。

"好。"苏文莉倒没想到她这么硬气，被逼着冷笑了一声，直接挂了电话。

勇气如山倒，刚挂完电话吕年年就虚了，倒在了贺轻昀怀里。

"一切都会过去的。"

"嗯。"吕年年的声音闷闷传来。

贺轻昀任由她靠着自己，另一只手拿过自己的手机，处理了几条消息。

"你干吗呢？"吕年年问，但她也没特意去看贺轻昀的手机屏幕，还是懒洋洋地趴在他肩头。

"医院的消息。"

吕年年不知道贺轻昀扯了个谎。

"是让你回去上班了吗？"

"不着急，我先去给你买点吃的吧。"

"不用了，我到时候直接点外卖，你还是回医院看看吧。"

贺轻昀再一次搬起石头砸自己的脚，但他也只能照做，缓缓弯下腰来吻了吻她，柔声道："下班后我就回来了。"

"嗯。"吕年年弯了弯嘴角。

贺轻昀出门之后吕年年蜷在被子里又睡着了,也许是冬天来了的缘故,窗帘外的光线让人分辨不出具体时间,总是冷淡的灰蒙蒙一片。

吕年年觉得除了床上她哪儿也不想去,头也昏沉沉的,大概是太累了。

总之等她再睁开眼的时候已经是晚上了,贺轻昀坐在她床边看笔记本电脑,可能在处理什么病历报告吧。小台灯的光还被他拧到了最暗,朦朦胧胧的暖色光一点也不刺眼。

"别动。"吕年年一醒贺轻昀就发觉了,把她的手放好,又帮她重新掖好被子。

吕年年这才发现自己的手背上插着针,那个通常用来挂包的衣架被扛到了床头,上头挂着一瓶药水。

"你都烧到39℃了。"

"你给我扎的针?"

"嗯。"

医生男朋友也挺好的嘛,吕年年突然又觉得时刻待医院也算不了什么了,谁让她就喜欢这种专业性强的男人。

接着她还在抿嘴笑的时候突然脑子一炸,差点就是真实版"垂死病中惊坐起"了,一脸慌张地问贺轻昀:"你给我输的什么药?

喜欢你，那么甜

我有没有和你说过我青霉素头孢过敏！"

这是吕年年从小被她妈耳提面命出来的求生欲，据说是严重过敏的类型，连破伤风都不能打。

"别怕，你以前说过了。"

"是吗？什么时候？"吕年年狐疑，她怎么完全不记得了。

贺轻昀眼睛一瞥，好像还吃醋似的："当初你和那个律师吃火锅吃到胃痛的时候。"

"哦。"这么一说吕年年就想起来了，自知理亏，乖乖躺好。

"现在几点了？"吕年年问。

贺轻昀把她的手机递给她。

"我不想看手机。"吕年年默默地侧过身去，她就是那个信奉"逃避虽然可耻但却有用"的人。

这也无可厚非，何必逼着别人去振作，任何人都没有立场去对他人的处事态度指手画脚，不管有多亲密，因为这世界从来都没有真正的感同身受。

于是贺轻昀直接给她报了时间："九点二十八分。"

"好饿……"吕年年开始哼哼唧唧。

"你等我一下。"贺轻昀合上电脑，站起身来。

厨房里贺轻昀熬了几个小时的香菇鸡丝粥还在用小火煨着，盖子一揭,香味飘满整个房间。他洗了一把小葱,切成末,撒进砂锅里,粥的颜色瞬间就鲜活起来了。

贺轻昀在外头忙活的时候,吕年年就安安静静地躺在床上发呆,枕头旁贺轻昀的电脑传来CPU运行的嗡嗡声。其实她只要多那么一点点的好奇心,或者是一个不注意,看到了贺轻昀的电脑,她就会知道贺轻昀在做什么了,也不会在一个月后觉得发生的一切像天雷滚滚。

但她没有。

三分钟后,贺轻昀端着鸡丝粥回到卧室,食材的鲜味伴着香油味儿,一下子就唤起了吕年年的食欲,病中苦涩的舌头仿佛也开始等待重获新生。

他舀起一勺粥吹吹凉,打算喂她吃,却被吕年年拒绝了,她说:"吃东西要自己来才得劲。"

贺轻昀笑了:"那我帮你端着碗。你自己用勺,插针的手别乱动。"

"嗯。"吕年年乖巧应下,手却早已迫不及待开动起来。

鸡丝粥顺滑无比,每一勺都很有料。米粒被煨得黏稠,在口内抿一抿就化开,咸淡也合适,吃得她胃里暖暖的,无比舒服。

"这是你自己做的?"吕年年问。

"嗯。"犹豫片刻,贺轻昀还是说了实话。

喜欢你，那么甜

"你竟然会做饭！"吕年年抬起头来，感觉自己受到了欺骗。

"问食堂阿姨要的食谱。"求生欲使贺轻昀自动辩解，但这话也不假，他自己在家不常做这些要长时间看顾的食物。

"那看来，你很有做厨师的天赋啊。"吕年年的嘴又说话又喝粥，简直应接不暇。

一碗滚烫的粥，喝起来不免慢些，十来分钟见底了，吕年年也终于餍足地叹了口气。

贺轻昀放下碗去帮她拿纸巾。

然而吕年年的眼睛瞥见贺轻昀手指之后就愣住了，她也不管是不是自己手背上还扎着针，一把将贺轻昀的手拉过来——他的指腹上几个连成一排的红肿印痕。

是了，她怎么这么蠢。自己一个劲地吹着粥，知道烫，怎么就没想到他用手端着碗也烫呢。

"你怎么不说？"吕年年貌似在埋怨他，但其实神情间全是自责。

"没事的，过一会儿自己就好了。你感冒了就得吃点烫的。"贺轻昀弯了弯唇，用手拍拍她的头。

也许是生病的人格外脆弱，吕年年鼻子一酸，有点想哭。世界上怎么有这么温柔的人，她想。

她拉住停留在她发顶的手,把脸靠了上去,在贺轻昀的掌心摩挲。还好有你,她又想。
　　冬夜的小区寂静无比,人们都待在温暖的室内,灯火通明,猫咪倦懒。他们两人相顾无言,但都觉得要是此刻可以这样一直保持下去该多好。
　　外界的纷扰都可以不去理会,只管柴米油盐,相拥而眠。

　　"谢谢你。"吕年年说。她看着他的眼睛,曾经朦胧的盖满青苔的幽深井底一般的瞳孔,早就化作了一池泉水。
　　明明眼底噙着温柔水波的人是他,但淌下泪水的人却是自己。
　　吕年年感觉到自己脸侧的手温暖又干燥,有手指轻轻将她的眼泪抚去,然后将她带入怀中,声音从头顶传来:"你不是早就以身相许了吗?"

　　其实我也要谢谢你。
　　所以我也以身相许吧。
　　相许一辈子才好。

　　最终,"年年有鱼炖肉肉"的抄袭事件在短短一周内就经历了捅破、反击、群战、实锤,前因后果被做成一条条图文并茂的消息

喜欢你，那么甜

流传开来，从微博传到贴吧，再到QQ空间之类的论坛载体上。

稍微混一点网文圈或者网漫圈的人都在跟风或者转发，诸如"给抄袭狗洗地涨销量的人请自行双删吧""首页看到谁吹抄袭狗我就会拉黑谁，各位自重"。

首页十条消息八条都是相似的内容，到最后既不看小说也不看漫画的路人都受不了了，纷纷跳出来说："这个人是谁啊，可不可以不要再出现在我眼前了！"

火是火了，吕年年这辈子都没这么火过。

她的原创之路也就此结束了吧，以后大概只能抛弃这个跟了她十数年的圈名，以本名去做些包装设计什么的糊口了。

网络能以最快的速度让你功成名就，也能以最快的速度让你声名狼藉。

在这之后的时间里，吕年年几乎是完全隔绝了互联网，她在化妆品代购群里阴错阳差地接了一个大学生的期末作业，是个国画专业的学生，要画《八十七神仙卷》的白描图。

大概是个家境过分殷实、只为拿个文凭而学画画的孩子，给的报酬很丰厚，刚好够吕年年度过这段再次失业的时间。

吕年年乍一回归老本行，心反倒静了很多，一个人去书画街买画绢、定画框、挑毛笔。日出而作日落而息，煮上一大罐糨糊，让贺轻昀过来帮忙一起绷绢。

将近三米的绢丝，一人扯一端，还要提防旺仔带着它的"九阴白骨爪"从天而降，好不快乐。

绷绢完成后就是调制胶矾水，然后正反一遍遍地刷上去，多了不行，少了也不行。

贺轻昀从没见过这些，兴致勃勃地抱着猫在旁边观赏，看着吕年年一条墨线从头勾到尾，分毫不差，手稳得和他拿手术刀时有得比。

他仿佛突然有了些长辈看可造之材的小辈时的感受，规劝道："我觉得你很有学临床的天赋啊。"

吕年年毫不客气地翻了个白眼。

"真的。"贺轻昀反倒一本正经，"你可以去学整形，以你的审美和对脸部结构的理解，一年后杀进财富排行榜不是问题。"

"你的话也对哈，到时候我再开个私立整形医院。"吕年年把毛笔洗净放回笔搁上，抬起头来若有所思，然后神情突然促狭起来，"然后把你招过来当接待，凭你的颜值完全不用担心没客户啊！"

"嗯哼。"贺轻昀挑挑眉，问，"你舍得？"

"舍得啊。"吕年年大大方方，"毕竟赚钱最重要嘛。"

说是这样说，做梦谁不会啊，可还是要回归现实。在人生路上

喜欢你，那么甜

一次次摇摆不定的吕年年还是向现实屈服了，她说："现在觉得我妈的话也挺有道理的，要不我还是考个教师资格证，去小学当美术老师吧。"

贺轻昀叹了口气，把她拥入怀中，说："不要妄自菲薄，没必要用自己的热爱给莫须有的事情顶罪。"

"叮！"是贺轻昀的手机来消息了。

【徐忘忧：程序我已经写好，接下来导入检索就行。剩下的交给你？】

【贺轻昀：好，谢了。】

【徐忘忧：不用谢，我帮的是我女朋友的闺密。】

看来徐忘忧回国一趟，中文收益不少啊。

贺轻昀无奈一笑，没再回什么。

"怎么了？"吕年年不明就里地问。

"嗯，医院有点事，我先回去一趟。"贺轻昀再次扯谎了，但这没必要让吕年年知道。

他只是在临走前吻了吻她，安慰道："放心，一切都会真相大白的。"

当时贺轻昀以"加餐饭社"的身份发了条辩解的微博后，情况反而更糟糕了，但他也明白了什么事情都有自己独特的解决办法。

这一切还得多谢当时那个重伤入院的女演员，他从何玥手里接过缝合的活儿，用美容线愣是没给她留下一丝疤。那女演员的经纪人千恩万谢，欠下他一个人情。

照经营粉丝圈文化已久的经纪人女士说，被黑后一般有两条路。一是黑回去，把对方更大的黑料抖出来；二是干脆走黑红路线。大部分网民都是乌合之众，他们也不想深究，所以你光发证据是没用的，一定要配合话题引导，就是引流。

经纪人这边有自媒体大V和水军的资源，付费的，要不要？

在经纪人那里得到帮助后，贺轻昀就开始策划用证据反击了，吕年年发烧吊水的那个晚上他就已经正式着手。

先是拜托徐忘忧写了一个大数据智能分析查重的程序，接着输入关键词一遍遍地搜索，世上这么多纸本影像作品，他不相信有什么构想是完全独一无二的。

网已经撒开，而他从来不是一个出手后会一无所获的人。

只是在贺轻昀回去的路上，他又收到了来自徐忘忧的消息：【你是不是把最近的工作都推给我家玥玥了？】

【贺轻昀：没有啊。】

喜欢你,那么甜

【徐忘忧:那她怎么两天都没回来?】

【贺轻昀:她没和你说吗,两天前她就向院长请假回老家了。】

【徐忘忧:!!!】

  人与人大都是半路相逢,相识以前你是谁,你爱过什么,你害怕什么,只要不说,那另一人终其一生也不一定会知道。

  成年人又岂会没有自己的小秘密,即使你们已经亲密到可以抵足而眠。

  但恋爱,不就是交换自己小秘密的过程吗?

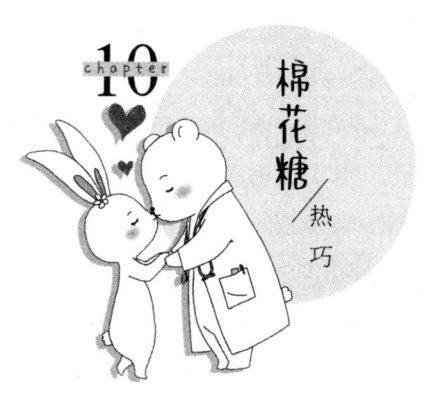

chapter 10 棉花糖/热巧

12月21号,何玥穿着黑色羽绒服回到家乡,巷子口的风毫无阻隔地从前吹到后,头发打到脸上拂得视线不清。

即使是这样,她也能分辨得出走向前几步之后会有一个什么形状的石坑。十几年过去,这里从未改变。

推门进去还是那个熟悉的前庭小院,沿着墙根是一小亩蔫头耷脑的菜畦。也许是今年冬天冷得太早,院子里那棵枇杷树还没来得及开花,大片的叶子就掉了一地。

喜欢你，那么甜

大概是人老了，连种菜也有心无力。

主屋的厅堂里没有开灯，只有冬天的亮光照进那么一点来，电视上不知道在播哪个影视城里拍出来的抗日神剧。

老太太就这么坐在那个老旧的枣红色沙发上，脚下踩着一炉木炭火，上面盖了一个竹篾做的罩子，烘烤着南方冬天常年晒不干的衣物，时不时地推一下松散的老花眼镜腿，再把衣服翻个面。

"奶奶。"何玥出声。

老人缓缓朝后看了一眼，惊喜地站起身来，准备接过何玥手里的旅行包，说："小玥，你怎么回来了？"

奶奶又瘦了。

何玥一眼就看出来，奶奶的手枯槁如柴，皱纹下布满青筋，微微驼着背，即使穿着厚重的棉衣，整个人还是那么消瘦——这是所有得肝癌的人的特征。

何玥强忍住心中的酸楚笑了笑，装作无事地把包一放，揽住老太太嬉皮笑脸地说："这不是明天就冬至了吗，我想你做的羊肉汤面了呀！"

"好好好，明天早上我就去买羊肉，再给你包二斤馄饨。"老太太是真开心，拍着何玥的手笑得见牙不见眼。

何玥回来后老太太就开始忙前忙后，这屋里总算有了点人气，她本来也想多和何玥话话家常，奈何人老了就是精神不济，《新闻联播》还没看完就开始犯困了。

于是何玥还是把奶奶扶回房间休息,强行给她开了她一直舍不得开的空调,又从包里把自己带来的小加湿器拧开,放在房里。

第二天早上五点老太太就起床了,其实她四点不到就已经睡不着,慢腾腾地坐起来把空调关掉。可又怕何玥担心,硬生生地在床上躺了两个小时。

挨到五点多,估摸着再过不久天也该亮了,才挎着她的小菜篮子上菜场去了。

回家后,老太太熟练地切羊肉用卤汁腌浸做浇头,再煮上一碗阳春面。本该开始切葱花了,可那边锅里炖着的白萝卜却发出了尖锐的汽鸣声,催促着人赶紧去关火。

老太太连忙转身,可背上突然一疼,痛感闪电一般冲上头顶,眼睛一黑,就地倒了下去。

锅碗瓢盆丁零哐当地撒了一地。

"奶奶!"何玥闻声飞奔而来。

老太太醒来的时候还躺在自己的床上,没有医院惨白的墙,令她松了一口气。但自己的小孙女正坐在床边目不转睛地盯着她,她又把那口气提了回来。

喜欢你，那么甜

祖孙俩对视无言，但都知道，有些话，是时候说开了。

"小玥啊，把东西还给医院吧。"

老太太指的是这些被搬到家里来的医疗用具，她知道孙女和县医院的院长有交情，但这么做终究不合规矩。

"奶奶，我知道你是主动出院的。没关系，不喜欢医院的气味咱们就在自己家治，一样的，我来给你治。"

"可我不想治了。"老人躺在床上，声音有些出不来，沙哑又缓慢，"我想你爷爷和你爸了。"

一滴眼泪从老人的眼角蜿蜒下来，被重重皱纹分隔开来，差点难以察觉。

但何玥还是察觉到了。

肝癌是胸外的重点，她学了这么多年怎么会不知道；奶奶的确已经是强弩之末。而老太太的这句话，无疑是在何玥煎熬徘徊的心上重重地钉了下去。

让她劝无可劝。

"我不想治了。"老太太又重复了一遍，她把头转过来看着何玥，"可我舍不得你。"

"那你就不要走啊。"何玥还是没忍住，把头埋进老太太的枕头旁，颤抖着说出这句孩子气的话。

"傻孩子，我迟早是要走的。你也应该去找一个可以陪伴你一辈子的人了。"

"真的有可以在一起一辈子的人吗?"何玥是不相信的,她抬起头来,"你和爷爷,我爸和我妈,我和你,都没有一辈子啊。"

老太太摸索到她的手,紧紧地拽住,无奈地劝慰这个还没活明白的小孙女:"心是可以在一起一辈子的。你是不是已经处对象了?"奶奶无比敏锐。

"你怎么知道?"何玥惊得都忘了哭。

"你身上的味道不一样了。"老太太倒又些狡黠地笑了,"人老了眼睛看不清,耳朵也听不清,但鼻子还是好用的。"

何玥瞠目结舌。

"你喜欢他吗?"老太太问。

"喜欢……"突然和家里长辈聊起这个,何玥有点不自然。

"那他对你好不好?"

"也挺好的。"

"那就够了。"奶奶放心地笑了,"打算什么时候结婚?"

何玥伸手扶了扶老太太的毛线帽,知道奶奶这么说是因为她的时间不多了,可她还是举棋不定:"不知道……我好像不太敢提结婚,他年龄比我还小,又是国外长人的,以后会不会留在S城也不知道。就算是他留下来了,我们两个都在医院,每天都这么忙,谁来照顾家?奶奶,结婚没有你们以前那么简单了。"

喜欢你，那么甜

"又说傻话。"老太太捏着何玥的手苦口婆心，"只要有感情，结婚什么时候都很简单。当年奶奶家里看不上你爷爷，不许我们在一起，但我也没管他们，他们不喜欢你爷爷没关系，我喜欢就可以了。你外祖父气得八年没理我，所以你说我和你爷爷结婚很简单吗？"

爷爷奶奶的光辉爱情，史何玥听了不下百遍了。

当年奶奶家是富农，吃穿不愁，却只有这一个独生女儿。

而爷爷是个半道孤儿，外祖父把他领回家来当儿子养，给女儿捡个便宜哥哥，毕竟以前的社会，家里没个少壮男丁总是不行。

奶奶是个娇气鬼，不爱上学，晴天不去太晒了，雨天不去太湿了，刮风下雪就更不用说，只有阴天才勉为其难去学校坐一天。但家里去学校的路上要过一条小河滩，只是水太浅以至于没有人愿意给架座桥或者放几个石墩，大家都是挽起裤子蹚水过。

爷爷来了之后就开始像唐僧一样念叨奶奶去上学，每天背着她过小河滩。

这么一背就是九年。

后来爷爷考上师范大学，去了省城教书，而奶奶被家里许了人家，但那时候她已经喜欢上爷爷了。于是她写了封信问爷爷究竟喜不喜欢她，爷爷咬文嚼字地含蓄允诺。

拿到回信之后奶奶欣喜不已，不顾家里反对收拾东西一个人坐车去了省城。

她一直以来都很骄傲地对何玥说："他们不中意没关系，我中意就好了。"

"所以你是让我学你喽？"何玥也调戏调戏老太太，问她是不是让自己也有样学样地主动求婚。

奶奶摆摆手："你要暗示他。"

"就你厉害。"何玥真是佩服死老太太了。

"出太阳了，我们出去走走吧。"老太太说。

南方的冬天是需要去外面晒太阳暖和暖和的，何玥看了眼窗外的冬日暖阳，金黄的光芒洒在眼皮上，烫烫的。

有那么一两秒她忘记了奶奶生病的事实。

接着她忽然就懂了，其实奶奶和她一样，并不想时刻记得自己是个病人。

左右不过半年的生命了，为什么不能过得快乐一点。

何玥舒展眉头，将老太太从床上扶起来，叹了口气，说："好。准备漂漂亮亮参加你孙女的婚礼吧！"

这一刻，何玥在心里说：哪怕是假结婚也要逼得徐忘忧同意。

喜欢你，那么甜

但她不懂，黏人精是什么，黏人精需要逼吗？

没想到慢悠悠出门溜达了才一小时，何玥就见到了这个三天不见上房揭瓦的黏人精。

那时何玥正搀着老太太从南边的菜园子回来，大老远在巷子口就看到了人山人海的场面。四邻八里的老头老太太，上完学背着书包刚回来的小学生，全都抻着脖子往里瞧，挤得水泄不通。

这架势，活像去年做皮革厂生意的汪家大孙子，开着劳斯莱斯带模特小媳妇儿回乡过年的即视感，一点没有昨天何玥回家的萧瑟和冷清。

何玥本也兴致勃勃地想过去凑个热闹，但没料到刚走到人群里，他们就自动分成了两道——不，不是自动。两个戴着白手套穿着黑色制服的帅小哥将人群分开，露出人群后的那辆黑色加长林肯。

何玥有点蒙。

接着就有人毕恭毕敬地弯腰打开林肯的车门，一只穿着男士皮鞋的脚威风凛凛地踏了出来，皮鞋鞋面黑得油光水滑的，一看就很贵。

那人从车里俯身出来站定，理理衣服，转身朝何玥走去。

肩宽腿长，眉目浓郁，他突然冲何玥一笑，扬唇露出八颗洁白整齐的牙,利落又不羁。看得身后一众群众倒吸一口凉气,还以为是什么电视剧拍摄现场。

何玥没来由地哆嗦了一下。

接着那人自然地从自己西装的胸前口袋里拿出一条叠得无比精致的方巾,微微弯腰将方巾系在何玥空荡荡的脖子上,低声道:"小心着凉。"

"嘶——"大家又是一口凉气。

"徐忘忧你什么情况?"何玥终于回过神来,拽着他的手腕压低声音吼了出来。

他倒是怡然自得,笑着答道:"我来看奶奶啊。"

老太太不愧是活了一辈子的人精,这时候的反应速度飞快,立即笑了,说:"哎呀,是我们小玥的好朋友吧,快进来坐。"

徐忘忧咧嘴一笑,毫不见外:"奶奶,是男朋友哦。"

奶奶笑得更开心了,直说:"那更好,那更好。"

三人说说笑笑推搡着进了门。

门刚一关上,徐忘忧立刻就怂了,举起两只手撒娇,并且还恶人先告状:"别生气啊师姐,我这不是太想你了吗,谁让你请假回家也不和我说一声。"

喜欢你，
那么甜

"那你怎么找到我的？"何玥不为所动，双手环在胸前冷冷瞥了他一眼。

"贺轻昀。"徐忘忧毫不犹豫就出卖了队友。

"……"官大一级压死人，何玥无言以对。

老太太倒是压根不理会这些，只是笑眯眯地把徐忘忧迎进客厅，接着转身去储藏室里拿点心去。

一踏进房子里徐忘忧就闻到了那似有若无的药水味，角落里立着的点滴架，茶几上摆着的处方药。好歹在医学院待了这么些年，常识还是知道的，再结合来之前打探到的消息，徐忘忧心里已经明白了七八分。

"奶奶她……"徐忘忧不知该如何开口。

一提起老太太，何玥也没心思再追究他今天这排场怎么回事了，她的脸色黯淡下来，把徐忘忧拉到一边，小声说："肝癌晚期。呃……"她忽然有些局促，"我……有个忙想让你帮我一下……"

她揪着自己的手指，看起来十分为难。

"就是吧，你知道，奶奶是我唯一的亲人了。我不知道她还能撑多久，我能做的只有让她走得安心一点，所以，你愿不愿意……"

"奶奶回来了。"徐忘忧突然打断她，"有什么话我们等下再说。"

只见老太太抱着一盒食盘颤颤巍巍走了过来，但何玥被堵了话，心里五味杂陈，她没来由地觉得徐忘忧其实知道她要说什么，但他故意不让她说完。

只是她再抬头准备强颜欢笑面对奶奶的时候，无意间和徐忘忧的视线撞上了，只见他眼神戏谑，还特意朝何玥眨了几下。

何玥心里一紧，感觉有大事要发生。

"来来来，吃点冻米糖。"老太太殷勤地招呼徐忘忧，"小玥说你是外国长大的，那你肯定没吃过这些，尝尝看。"

"谢谢奶奶。"徐忘忧挑了一块白色的。

何玥其实也挺久没吃过这个了，拿了片黑芝麻口味的嚼了起来，本来大家吃零嘴吃得好好的，徐忘忧又要开始作怪了。

他忽然凑近何玥，就着何玥的手咬了一口她吃了一半的黑芝麻糖片。

"你干吗！"何玥恼羞成怒，这还当着长辈面呢，能不能端庄一点！

"我就……尝尝味道啊。"徐忘忧万分无辜，但又无比镇定，好像料到了何玥这样的反应。

"成何体统！"何玥痛心疾首，也不管徐忘忧是不是听得懂。

但什么都听得懂的老太太笑了，笑得像朵向日葵。

喜欢你，那么甜

"你是说我们不能在家人面前过分亲密吗？"徐忘忧表面乖巧，其实根本没想让何玥回答他。

"那如果我们换一种身份呢？"

他忽然将言行举止变得矜贵起来了，慢条斯理地用纸巾擦干净手指，站起身来。一瞬间，何玥竟然有种蓬荜生辉的感觉。

但徐忘忧又好像并不在意周遭的环境，不管那些老旧暗沉的家具，不管水磨石地板上踩踏出的灰。

他对着何玥单膝跪下，郑重地打开红色天鹅绒的戒指盒，盒子里的钻石甚至比不上他的眼睛那般熠熠生辉。

"何玥女士，你愿意嫁给我吗？"

老太太和何玥都愣住了。

并不是这个求婚宣言有多么石破天惊，而是，勤俭朴素了一辈子的祖孙俩第一次看见了电视里才看到过的鸽子蛋钻戒。

沉默的时间太长，长到徐忘忧气势全无，他战战兢兢地发问："玥玥？"

"愿意愿意愿意！"何玥头点得飞快，她觉得自己像在梦里。

但没等徐忘忧把戒指给她戴上，何玥自己就直接把它拿起来端详了，在阳光的照耀下差点闪瞎她的眼。

何玥看着戒指喃喃道:"徐忘忧,你是不是去抢银行了?"

"没有啊。"徐忘忧无辜地眨眨眼。

"那你今天怎么回事?这戒指,这车,哪儿来的?"

"戒指是我买的啊,车是租的,但如果你喜欢的话买下来也不是不行。"徐忘忧纯真得像只小奶狗。

"我是说!你的钱哪儿来的?!"何玥要暴走了。

徐忘忧眨眨眼:"我爸给的。"

这话倒是不假,虽然徐忘忧高中起就不怎么用家里的钱了,但必要时候还是可以挪来撑撑场面的。

更何况听说徐忘忧要和一个中国女孩结婚,终于不再和洋妞瞎搅和的时候,他爷、他爸喜极而泣,接着又查了查何玥的履历,更是满意得不得了。

"你爸?"何玥皱着眉极力回想,"你不是说你家就只是在医院混混而已吗?连病都不会看的那种!你哪儿来的钱?"

徐忘忧无辜:"是啊,他们平时就开开股东会,弄弄办公室的植物,确实不看病也不干活啊……"

哦,所以我男朋友是那种在外面混不好就要回家继承家产的富二代呢。

何玥面无表情,把戒指塞回盒子里:"把戒指退了吧,换一个普通点的就好。"

徐忘忧热泪盈眶:"我上辈子一定拯救了全宇宙吧才能找到这么一个妙手仁心、闭月羞花、视富贵如浮云的好老婆,呜呜呜呜呜……"

"你想多了,谁不爱钱呢。"何玥捏捏他的脸,眯着眼说,"只不过钻石太大我怎么戴无菌手套怎么做手术。"

"那你可以做手术的时候摘下来嘛。"徐忘忧可真是个实诚的小傻子啊。

何玥也是服了:"谁把结婚戒指整天摘来摘去的,不吉利!"

原来是舍不得摘吗?徐忘忧"破涕为笑",开心到抱着何玥不撒手,在她嘴上亲了一下,说:"那咱不换了,我给你买一个嵌钻的戒指,这个就给你抛着玩!"

"哎呀,是不是该吃晚饭了?"老太太探头看了看外面的天色,终于说话了。

准小两口这才想起边上还一个老太太呢,立即心虚地撒手保持安全距离了。

"奶奶,你喜欢看西式婚礼还是中式婚礼呢?"徐忘忧化身乖宝宝,话痨不停,"要不咱们去海岛度假吧?我家在琼岛上正好有个疗养院……"

"都好都好都好。"老太太今天的幸福指数当真爆表了。

东家花开富贵可西家却是一片萧瑟,吕年年断联不小心把她爸妈的联系一并给断了,一个多星期都找不着女儿的吕爸吕妈急得没办法,想起了和女儿多年闺密的何玥。

于是一个电话打了过去,中断了何玥一家的其乐融融。

"喂,小玥啊。你最近有没有看过我们家年年?"

"电话打不通呀,一直是关机。"

"好的好的,拜托你了,要是出了什么事一定要第一时间和叔叔阿姨说啊。"

挂了电话,何玥和徐忘忧面面相觑,最后一合计,带着奶奶连夜坐车回了S城。

12月24日,宅了半个多月的吕年年终于走出家门。她挎着一个朴素的帆布袋,神情萎顿地踏上了前往会展中心的地铁。

许久没出门的吕年年被风一吹不由得打了个哆嗦,不知不觉已经变冷了,她裹了裹身上的大衣。和她同一车厢前往展会的年轻孩子们却穿着各式露胳膊露腿的衣服,汉服、制服、lolita服装和cosplay服装,五花八门,他们三五成群背着包,挎着手袋,笑得

喜欢你，那么甜

像漫画里走出来的少年少女。

因为这次吕年年要去签售的展会是一个综合的动漫展会，规模宏大，板块齐全，不论你是游戏圈、绘画圈还是别的什么圈，都能一本满足。

每年这个展都是一场动漫狂欢，并且通常会分为两拨人：一拨是去参加的人，一拨是转发"首页所有太太和基友都去 SP 了，除了我"这条状态的人。

如果没有"抄袭"这档子事，吕年年现在也应该是背着一大堆赠品，穿得美美的，约上三五个好友一起愉快地逛展会守摊位，然后和粉丝友好问答。

但此刻的她，只是为了完成当初自己的坚持。

那天意气用事和出版社的主编犟上，非要坚持参加签售，现在吕年年只想祈祷就让她在摊位的小角落里安安静静地熬过这天吧。

SP 的展馆超大，吕年年费了九牛二虎之力才顺着编号找到了自己的摊位——果然在一个非常不起眼的小角落里，而且有一半的桌面还被强制征用当作了现场库存地。

不过这样也挺好，一堆东西挡一挡，大概也没人会逛到这里来了吧。

吕年年安静地在塑料凳上坐了下来，随手摸了本已经拆封的时尚杂志翻看着。整座场馆喧闹无比，音响人声交错，还有各种迷妹的尖叫声。

但这些都不属于她。

因为 SP 也好，二次元什么的也好，其实都还只是小众活动，不像明星影视，到处都是铺天盖地的广告宣传。通常这种活动的开展都是各自为阵，粉丝们老早就关注好了自己喜欢的作家和作品，就等着宣传微博一发，抱着目的过来约见。那种闲来无事随便逛逛的人，几乎没有。

就吕年年这种情况，且不说出版社根本不会给她宣传，就算是宣传了，到时候到场的也不知道是粉丝更多还是"黑粉"更多。

这样落得个清净，倒也挺好。

可场馆虽大，人也是真多，难免就有人瞎溜达，或者迷路的走到这里来了。

"哎，那是什么！画风还挺好看的啊！"一个穿着"AP15 草莓"小裙子的甜妹兴冲冲地拉着朋友要过来看。

"什么？"她朋友大概是个近视，被拽着走近了才看清那小得可怜的宣传海报。

"这不是那个什么什么……"忘名字了，脑壳痛。那姑娘挠挠头，皱着眉毛半天憋出来，"哎，反正就是之前闹得很大的一个抄袭漫画啦。"

"抄袭？不会吧……"女孩有点难以置信。

"之前不是都被刷屏了吗？调色盘都做出来了，好像是抄袭了一本言情小说的设定吧。"那姑娘摊了摊手。

两人边说边走，直到完全靠摊了才看到被那一堆书挡住的吕年年。

场面突然好尴尬。

"呃，你是作者吗？"

吕年年张张嘴，声音都要出来的时候她又忽然怂了，猛地摇摇头，僵硬又尴尬地假笑了一下，说："我……看货的！"指了指那堆书。

"那好吧。"女孩有点失望，挽着她朋友转身走了，"其实这个画得真的很好看欸，感觉这种水平随便画点什么都能火吧，为什么要去抄袭啊……"

等她们走远，吕年年才完全地呼出那口气，身体一下就塌了下来。

经此一事，吕年年开始坐如针毡，她觉得自己待在这里的每一秒都是煎熬。她很想给贺轻昀打个电话，但她连手机都特意没带。

等待的时间过得不知快慢，她从小学门口文具店里买的劣质手表也罢工了，不知道现在几点。

吕年年叹出她今天的第二十八口气，准备走了。

【姐妹们！饭饭要去 SP 签售了！我现在就去买机票！】

【啊啊啊啊啊啊，终于可以见到饭饭的庐山真面目了吗！】

【感觉饭饭应该是盐系男孩子吧，我要穿什么去呢，呜呜呜呜呜……】

【羡慕可以去的小姐妹，请多多拍照录像啊，学生党哭了！TAT】

……

距离 SP 开展前两天的一个深夜，"加餐饭社"一条微博激起千层浪，十几万饭社后厨粉丝当场宣布"过年"。

而原本应该是狂欢高呼的大军中的"吃吃吃吃吃鱼不"吕年年同学，正在"加餐饭社"的身旁睡得香甜。

对此一无所知。

12 月 24 日，这个让饭社后厨姐妹团们魂牵梦萦了四年之久的美男子终于出现。

但和她们预想的有差距——一群抱着自制应援牌的粉丝蹲在寒

喜欢你，那么甜

风凛凛的展馆门口，硬生生地错过了贺轻昀的入场。

不过这也不能怪她们，在粉丝的心目中，"加餐饭社"应该是个安静生活的盐系草食男，他应该是戴着围巾，顶着一头清爽的短发，淡泊悠远又温柔的样子。

谁能想到他穿着西装马甲打着领带就过来了。

直到蹲守在摊位前面的粉丝们看到一个肩宽腿长，浑身上下散发着气场的男人走了过来，和工作人员三言两语后戴上了标有"加餐饭社"名字的工作牌。

整个粉丝团都震惊了。

【快快快！别在门口蹲着了，饭饭已经到摊位了，快过来！】有"小可爱"迅速地在她们的今日展会群里发消息了。

【姐妹们你们相信吗，我都有点不敢叫他"饭饭"了。】

【什么情况，不会是见光死吧，不不不，饭饭怎样我都爱他。】

【倒不是这个，我觉得他比起亲自做饭，更像是那种特意飞到欧洲，只为了吃一顿饭，然后年老优雅的管家会弯着腰接待他，主厨得到他一句夸赞可以喜极而泣的那种人。】

【我粉了个怎样的神仙，摇晃的红酒……】

【等等等等，姐妹们，饭饭没有立马坐下来签售，他起身了！他走了！他好像在找什么！我发誓不是厕所！】

【啊啊啊啊啊,那你们快跟上去啊!我们马上就来!】

得到贺轻昀的眼神鼓舞后,粉丝小姐姐们嗷嗷乱叫地抱着自己刚买的书跟在他身后。在门口蹲守的妹子们也纷纷赶来汇入队伍,还有看热闹的看到这个景象表示很惊奇,也陆续加入队伍跟着走。

大概是贺轻昀穿得太正常太端庄,他的西装三件套反而在满地"奇装异服"的展会里显得更像"奇装异服",再加上他鹤立鸡群的颜值和身材,简直是现场吸粉大会。

于是他带着一大串不明就里的朋友从一号场馆走到二号,从A区走到C区,从他的签售展位走到了——吕年年的摊位前。

浩浩荡荡的一群人从远处走来怎么可能会注意不到,如果是穿着同类型服装的人群还能理解,但这里面,真的是要什么有什么,吕年年有点蒙了。

什么情况?

直到贺轻昀都走到她面前了,他双手撑着台子,弯下腰,笑了笑:"你每天都在微博上和我告白,我想我们是不是,应该恋爱了?"

吕年年满脸不解,不是早就在一起了吗,这什么情况。

正主一脸茫然,但身后挨得近的粉丝们激动得快晕过去了,她们满脸潮红、呼吸急促,好像下一秒就要两眼一翻就地倒下了。

喜欢你，那么甜

　　她们无声地"啊啊啊啊啊啊啊啊啊"着，录像的手机都快拿不住了。

　　吕年年这才发现她们每个人手里都拿着一本书，看封面像是……"加餐饭社"的书！

　　吕年年的心突然开始跳得好大声，她把目光慢慢地挪回去，终于在贺轻昀胸口摇晃着的写有"加餐饭社"四字的工作牌上确定了自己上一秒的猜想。

　　"！！！"吕年年脑袋里再一次开烟花了。

　　贺轻昀笑着，知道她懂了，便将腰弯得更低了一点，在她耳边说："别怕，我来救你了。"

　　下一秒，贺轻昀走出人群，在旁边的舞蹈区借了一个麦克风，走上台去。

　　接着，他的声音就从音响里传来："大家好，我原本只是一个兴趣向的美食博主，也并没有觉得自己有多受欢迎。直到有一天，一个小姑娘跑来私信问我能不能把这个身份授权给她画漫画。她很有礼貌，我欣然答应，并自作主张地重新建议了她的漫画主角职业。

　　"但她不知道，我们现实中其实早已相互认识。

"我不愿挑明,只是以现实中的身份陪着她一起分析创作,其中很多的情节转折都是随机碰撞产生的,甚至还有微信掷骰子决定下的情节。

"她画得很快乐,我也很快乐。受她影响,我最终决定把自己的烹饪教程整理出版,因为我想给她一个惊喜,想告诉她,不用继续在微博每天给我告白了,我们应该恋爱了,就像漫画里的男女主角一样。

"但我没想到,还没等到这一天,她的漫画就被人定性成了抄袭。我说这是巧合,可是没有人相信,就连我自己的粉丝也不相信。但我相信。展会结束之后,我会把聊天记录里有关漫画情节的部分发在微博上。

"希望大家可以重新审视《气泡守则》这部漫画,毕竟我连大结局都提前帮你们写完了。"

他眼睛眨了一下,笑着,场下的小女孩们一瞬间感觉自己参加的不是动漫展,而是某个"爱豆"的见面会。

颜值即正义。

贺轻昀的一番话在展会群众的内心投下一块巨石,其中不乏之前就关注过吕年年"抄袭"事件全过程的人。

顿时一片叽叽喳喳,吕年年面前那几十本漫画瞬间就被抢购一

空，剩下没有买到漫画的人也凑热闹过去要签绘什么的。

在吕年年被围得团团转的时候，贺轻昀终于松了一口气，招呼自家的"后厨孩儿们"回去签售。

热闹起来的时间过得飞快，一转眼就要闭馆了，今日的签绘时间也步入尾声。因为作者大多还要帮忙收摊，所以等贺轻昀和吕年年再度见面的时候，展馆里的人已经所剩无几。

他们暗中确认了一下眼神，贺轻昀朝她摆了摆手里的车钥匙，吕年年便心领神会。

冬天的天黑得早，露天停车场里只剩车灯在夜色中闪烁，吕年年坐进车里，贺轻昀提前开启的暖气让她瞬间回温。

贺轻昀把她的手机递给副驾驶的吕年年，说："给你爸妈回个电话吧。"

"啊？"她一下子还没反应过来。

贺轻昀无奈地笑了："你都断联了半个多月，你爸妈联系不上你，最后找上了何玥。"

吕年年瞬间一脸"糟了"的表情，即刻就要下车打电话，却被贺轻昀一把拦住。

他说："你就在车里打，我正好出去吹吹风。"

吕年年就笑了，她知道贺轻昀是怕她在外面冷着才这么说的，于是她撑着中央扶手探过身体去亲了亲他。

这一亲的时间可不短,她撑着扶手的胳膊都快麻了,升温效果显著,比空调还更有用些。

吻毕,吕年年附在他耳旁撩:"先给你暖暖身,一会儿别着凉了。"

贺轻昀什么也没说,只是深深地看了她一眼,满是挑逗的警告意味,还是乖乖下了车,把空间留给吕年年。

这一通电话打得够久,唐女士终于逮着她了,毫无疑问是劈头盖脸的一顿责问。

吕年年在批评的狂风骤雨中缩得像只小鹌鹑,但子女出门在外还是报喜不报忧,吕年年可不敢把事情真相说给她听,只编了个手机被偷的故事出来。

唐女士絮絮叨叨了半个小时才挂电话,所幸贺轻昀体魄强健,这要是换她在外面举着手机吹半个小时的冷风,估计她这手就冻废了。

于是吕年年一挂电话就赶紧招呼贺轻昀上车来,两人从展馆往市区方向驶去。

"何玥和徐忘忧要结婚了。"

喜欢你,那么甜

"什么?"

似乎料到此话一出,吕年年一定惊吓到在车里演杂技,贺轻昀才故意挑着等红灯的时候说。

"什么时候的事啊?他们就见完家长了?"吕年年满脸八卦的雀跃。

"前两天冬至的时候,徐忘忧去了何玥家,把何玥奶奶接到了S市,今天这会儿徐忘忧他爸妈应该刚下飞机,打算和他们一起过圣诞。"贺轻昀一边说着,一边重新启动车子,汇入车流。

"那婚礼呢?定了没有?"

"大约是年后在琼岛。"

"琼岛?那奶奶怎么办?结婚一堆事他们怎么照顾得过来奶奶?"吕年年和何玥从小玩到大,何玥家一路过来发生了什么,奶奶的身体状况怎么样她都清楚得很。听到这个地点,她第一想到的就是奶奶。

贺轻昀笑了笑:"这你不用担心,徐忘忧家在琼岛有座疗养院,过完圣诞奶奶就会提前过去,那边适合老人过冬。"

"哦……"吕年年懵懂地点点头,数秒之后她才堪堪抓住重点,睁大眼睛,"有座疗养院!"

于是,贺轻昀就顺理成章地给她细讲了讲徐忘忧那在美国开医院的家境,以及刚知道的时候和她一样震惊的何玥。

听完之后吕年年久久不能释怀，半天才感叹出一句："我跟何玥真不愧是好姐妹，不仅脱单一起走，而且大猪蹄子都留一手啊……"

贺轻昀这下是真笑出声来了，但他也终于可以放下心——吕年年只要会贫嘴了就说明她是真的慢慢走了出来，也不枉他这些天费尽的心思。

"笑什么笑！"吕年年故作严肃，色厉内荏地凶了贺轻昀一眼，"我还没跟你算账呢，说，你是不是关注我小号的时候就知道了我是你粉丝？"

"嗯。"贺轻昀憋着笑。

"那你为什么一直不告诉我啊，听我每天吹你'彩虹屁'很享受吗！"吕年年气鼓鼓地说。

"为了给你一个惊喜。"

车子应声停下，贺轻昀载着她来到了市中心的广场商厦。车窗外流光溢彩，到处都是大大小小圣诞树上的小彩灯在闪烁，以及红红绿绿的圣诞橱窗。

圣诞歌曲无处不在，填满广场商厦——这座城市的CBD，无可抵挡地透过车门传到吕年年耳朵里。

喜欢你,那么甜

像是在为他们伴奏。

啊,是平安夜。

贺轻昀在流转的灯光下递给她一本美食教程书,笑得像圣诞节一样温柔,他说:"Merry Christmas,这是你的男朋友——加餐饭社送给你的礼物。"

啊啊啊……吕年年捂脸,啊不对,她现在都不用捂脸了,现在可以玩"埋胸"。她贴着贺轻昀的胸口,闷闷地撒娇:"干吗还特意提醒啊,你现在也太会撩了吧。"

贺轻昀挑挑眉:"我一直都很会。"

吕年年还是以少女接"爱豆"签名般的虔诚姿态接过了那本书,她小心翼翼地翻开封皮。嗯?竟然在扉页上没有签名?

吕年年不可置信,又翻了一面,才看见一行整整齐齐排在中间的铅字印刷体:

给我全世界独一无二的小宝贝。

时间好像突然就变慢了,吕年年觉得鼻酸,竟然有点想哭。

"这个礼物,喜欢吗?"贺轻昀的声音从头顶传来。

"嗯。"吕年年佯装无事地吸了吸鼻子。

"那我也能拥有圣诞礼物吗?"贺轻昀问。

"可以啊。"吕年年眼睛鼻头都有点红红的，此刻正像小朋友那样抱着书乖乖坐着，抬头看他，"你想要什么？啵啵要不要？"

"要。"贺轻昀笑了，凑过去吻了吻吕年年条件反射嘟起的嘴，"但我还想要我家可以住一只叫吕年年的小猫咪。"

这是求同居的节奏吗？吕年年突然有点慌张，又好像有点莫名的害羞，干脆又重新躲进贺轻昀的怀里去了。

"可不可以？"贺轻昀催问道。

"要住就住两只嘛。"吕年年还是嘟囔着开口了，声音真像小猫咪那般挠人。

"还有我们旺仔小公主啊，像不像一家三口？"

"嗯。"贺轻昀的眼角眉梢，到处都是笑意。

她第一次明白了，在世上无处不在的爱里，节日是表象，电影是表象，精致赶场最后却意兴阑珊的饭局更是表象。但总有和你一起度过节日的人，一起在电影院牵起的手，一起在街头喝着甜得像棉花糖一样的热巧克力，拥抱过后他笑你嘴上留存的黑色痕迹。

他笑了。

你也笑了。

11 chapter 乌冬／寿喜锅

　　上午十点,就算是冬天的太阳也要晒屁股了,吕年年这才懒洋洋地从床上爬起来。还好科技拯救世界,即使在没有暖气的南方,只要一直开着空调,就算直接掀开被子也不会被寒冷吓退。

　　她胡乱从衣柜里翻出一身抓绒居家服套上,蓬头垢面地去洗漱,边刷牙边看着手机里疯狂接收到的消息。

　　【小时候我们看的电视剧前面都会有一句"如有雷同纯属巧合",怎么现在创作变成了一件草木皆兵的事情。说到底也不是什

么纯靠想象力的虚幻设定,都市故事大多还是来源于现实。】

【同意楼上,而且现在下定义都不看完整篇就实锤了吗?人家后面的情节走向完全是十万八千里啊……】

【要不怎么都说无脑键盘侠呢,你说不是抄袭就不是抄袭了?几张微信截图随便P一下就可以把你们唬得团团转。】

【笑死,到底谁是键盘侠啊,你怕是还没看过这些吧#链接:撞梗算不算抄袭? #】

……

从那天的展会结束之后,网上对吕年年漫画这事又重新掀起了讨论热度,一方面是口舌相传还有小视频加持的签售会现场的风波,一方面是因为好奇买了漫画的群众看完之后发觉不对啊,哪像那本小说,明明是一本优秀的作品,值得推荐!

在这风口浪尖,圈里的大V们又郑重或打趣地整理了一波脑洞相似的番剧漫画或小说。

在这些作品里,每一部和每一部之间都能找到一些相似的痕迹,有些是人设相似,有些是情节相似,有些是语言风格相似。可是这些作品都有早有晚,有些风靡过一阵,有些一直很冷门。

所以,要真按网络标准评判起来,到底是谁抄袭谁?

一时间,《怎么可以吃兔兔》的粉丝们都沉寂下来,那些之前

喜欢你，那么甜

跟风的网民又再次变成墙头草，乐呵呵地自圆其说，然后该干啥干啥去了。

吕年年不禁感慨，生活真是一场大戏啊。只是她不知道，幕后的那只手，有时候是天意，有时候是人为。

最让她开心的事情还是编辑霏霏带来的消息：【肉肉！肉肉！你在吗？赶紧把第二册的内容画起来啊！我终于知道为啥娱乐圈里会有黑红这一说，天哪，真的太厉害了，才三天，你首印的那三千册已经全部卖完！现在老板他们在讨论给你加印多少册合适！】

【雨雪霏霏：还有还有！公司之后可能还要和纸飞机公司合作，把《气泡守则》改编成乙女向手游！肉肉，恭喜你成功转型了！】

吕年年心里五味杂陈，她现在倒是已经波澜不惊，对于她来说，只要还能一直画画、一直创作，就是最幸福的事情。

从她昨天搬进贺轻昀家之后，贺轻昀就特意把自己的书房清空给她当作工作室用，自己则把办公地点挪到了客厅。

由于贺轻昀帮她布置得妥妥帖帖，待着是真舒服。贺轻昀的桌椅大概是定制的，高度差极其符合人体工学，吕年年觉得自己的腰和颈椎可能有救了。

于是她很快乐地从上午一直画到晚上。

在 S 市这个地方，通常在你还没有感觉到天快要黑的时候，各色霓虹彩灯就已经相继打开，将天空映得五光十色。

贺轻昀今晚没有排手术，如果是以往的他，大概就是去食堂草草解决完晚餐再回办公室里坐着。可现在的他像焦急等待放学的少年一样盼望着回家，因为他知道，家里正亮着一盏灯在等他。

【贺轻昀：小猫咪，你看看冰箱里还有什么食材？】

现在已是消息应接不暇的吕年年特意给贺轻昀开了个特殊提示音，她立刻停下手里的画笔跑去厨房给他拍了几张照片。

【吕年年：好像没有什么蔬菜了，你今晚要给我做吃的吗？】

【贺轻昀：做一个海鲜冬阴功汤面吧，你先把食材拿出来解冻，等我回家。】

【吕年年：好！】

晚上七点二十五分，贺轻昀提着一袋配菜和辅料回来了。吕年年抱着猫在门口突然出现，把贺轻昀吓得愣了一秒。吕年年抱着旺仔强制卖萌，虽然旺仔一脸不情愿，但没办法，谁让猫粮在她手上呢。

吕年年的眼睛扑闪扑闪地对着贺轻昀眨，眨得他心慌，只好哭笑不得地问："你怎么了？"接着换好拖鞋把东西都放在餐厅中岛上。

喜欢你,那么甜

"你看。"吕年年跟上去,冲他展示着自己的手机屏幕。

加餐饭社后厨会——

【一颗酸菜精:如果我没记错今天是不是饭饭的四周年出道纪念日啊……】

【好吃鸭:你没记错,四年前的今天,我看到了一个叫中式部队锅的菜名出现在我的直播首页。】

【一九九一:所以你们说饭饭今天会直播吗?】

【加餐饭社后厨一号:这不一定哦,因为去年就没有TAT】

【微微又胖了:我愿意用我今天的生日愿望换饭饭直播,呜呜呜呜!】

……

"所以你的意思是……"贺轻昀扬着眉对吕年年明知故问道。

"可以吗?"吕年年双手合十星眼。

自从吕年年的小号被"加餐饭社"主动曝光之后,她就再没在群里说过话,坚定地当好隐形人不招惹别的风波。

但她也做了这么多年的小粉丝,对她们的这种期待真的也是感同身受了。

"可以。"贺轻昀宠溺地叹了口气,在她脑门上轻轻弹了一下,然后动手处理起食材来，"你从我口袋里把手机拿出来，先帮我发一条直播预告，大概二十分钟后开始，我要提前把食材准备好。"

"好耶！"

吕年年欢呼雀跃，沉寂了许久的粉丝们也炸了，沸反盈天，因为贺轻昀真的很久很久没有直播过了。

由于贺轻昀为了给吕年年腾书房而搬了自己的一部分东西到客厅后，客厅的置物空间就变得局促起来了，原先放在餐桌和茶几上的东西也都搬到了中岛吧台上。

这一折腾就导致没有地方架放直播手机了，于是最后只能让吕年年手动跟摄。

【来了来了！为了饭饭今天放弃减肥！】

【减什么肥啊，提前把吃的摆摆好，以免等会儿馋得掏心掏肺。】

【我只是来舔手的……】

【欸，怎么今天的播放角度不一样啊？】

【看移动感这是手持镜头吧！】

【饭饭这是继出书之后开始聘请助手了吗？】

【今天的菜量很大啊，也许是朋友来了，所以顺便帮忙摄影的吧。】

喜欢你，那么甜

……

新情况让评论区的老粉们众说纷纭，看得特别开心。然而这一切专心做菜的贺轻昀并不知晓，只有端着手机的吕年年莫名看得面红耳臊的。

但这样直播也有个好处，就是细节能看得更清晰了，多角度跟拍，呈现的画面效果就像是电视里的美食节目一样。

在贺轻昀熟练地展示完切丁切丝挑线破壳等一系列刀工之后，在粉丝们为此惊叹的时候，锅底的火也终于燃起来了。

橄榄油在锅里缓缓流动，渐渐冒出白烟，贺轻昀放入蒜段和洋葱片煸炒出香味，接着一把倒入碗里切下的虾头。顿时，沾着水珠的虾头一遇滚油就噼啪作响，快狠准地爆起油花，溅到了旁边正在近距离摄影的吕年年的手上。

"啊！"她条件反射地痛呼出声，反手就想把被烫的地方往自己衣服上蹭。

贺轻昀即使做着饭也眼疾手快，大概是临床干出来的经验。他立马把火一关，水龙头一拧，拽着吕年年的手就往凉水底下冲。

而那个本该被端在手里直播的手机就被毫不犹豫地舍弃在案台上了。

整个直播间陡然一黑。

两秒过后才有人反应过来,弹幕缓缓飘过:【是女生欸,而且饭饭好像很紧张她的样子……】

【所以是女朋友吗?】

"好冰啊!"吕年年被冷水激得直吸凉气。

十二月的天,自来水直接对着一个地方冲,不冷才怪,才五六秒过去吕年年就冰得失去知觉了。

"忍一忍,否则会起水泡。"贺轻昀皱着眉,他捏着吕年年的手腕在水龙头下,一部分水其实也是冲在他手上的,但他仍然没有把手缩回来让吕年年自己冲着。

也许是医生天然的责任感吧。

屏幕虽然黑了,但这还是粉丝们第一次在直播间里听到"加餐饭社"的声音,一时激动得无以复加,还得疯狂提醒直播间管理员不要强制关闭直播。

这个"瓜"她们还想再吃会儿呢!

大概冲了有一分钟,吕年年的手背被冷水冰得通红,但这块油溅的面积还挺大的,就这么冲一会儿肯定不行,得去拿点冰块和烫伤膏。

喜欢你，那么甜

于是贺轻昀弯腰凑近案台上的直播手机，说："抱歉各位，我女朋友的手烫伤了，今天的直播就到此为止吧。我们改日再见。"

……

于是直播间里爆发了更大的狂欢，趁着后台还没完全关闭的这几秒时间里，大家疯狂弹幕：

【真的是女朋友啊啊啊啊！】

【嫉妒使我质壁分离［柠檬］】

【我的妈呀，所以是同居了吗，这么晚还在一起做饭。】

【这个小姐姐不会就是上次会展那个画漫画的小姐姐吧，进展也太快了吧。】

【什么什么？微博指个路啊，我去关注一波。】

【完了，我觉得CP粉更好嗑怎么办？】

……

"你暴露了。"吕年年看着忙上忙下的贺轻昀，心情复杂。

"什么？"贺轻昀抬起头来，愣了一下才反应过来她在指直播间说话那回事，于是他笑了一下，"不是早就暴露了吗？在SP展。"

"唉，这不一样，毕竟去展会的粉丝还是少数。而你这一暴露指不定就把我也暴露了。我无所谓，但要是有女生过于嫉妒，真的扒到了你的身份，以你的工作性质来说，会不会影响不好啊？"吕年年自打经历过网络暴力之后，想问题可真是谨小慎微了。

"所以才要把你拉下水啊。"贺轻昀用棉签给她涂完药膏，顺势牵着她的手来了个绅士吻，"让她们看看我女朋友多优秀，好让她们知难而退。"

"好了好了，不要再吹我了。"吕年年听得牙疼。

"你以前可就是这样吹我的，比我吹得还要天花乱坠。"贺轻昀笑得让吕年年简直无地自容。

啊，这人怎么感觉跟我逗旺仔一样逗我玩呢！吕年年抓狂。

帮吕年年处理完伤势之后，两人继续有一搭没一搭地聊天做饭。最后等吃上这顿饭的时候都已经可以成为夜宵了。

"柠檬叶不要挑出来，你胃不好，可以多吃。"

"哦。"贺医生"上线"，吕年年只能乖乖的。

两人安静地吃着饭，也因为是真饿了，毕竟这都九点了才吃上晚饭。

吃着吃着，吕年年突然回忆起了以前的事情，那些记忆像穿堂风一样瞬间连通整个时间的脉络，她惊得一把放下筷子，直接朝着贺轻昀问出了自己的猜想："你是不是发现我身份之后特意为我直

喜欢你，那么甜

播过几次？"

喝汤的贺轻昀停顿了。

那时候吕年年还没和贺轻昀正式在一起，她也还没开始画漫画，微博大号里都是老粉丝，一片祥和。那时候的微博真的就是当朋友圈在用，经常发一些日常，"沙雕"时发，牢骚不满时也会发。

有几次是吕年年在微博上吐槽自己月事来了到处痛，生活好辛苦。结果紧接着就是"加餐饭社"直播了桂圆枣泥做辅料的妃子热红茶和养胃的老汤。

贺轻昀叹了口气，放下汤匙，佯装无奈道："我能怎么办呢，看你难受我也难受，那时候也没有立场过于干预你的生活，只能这样剑走偏锋了。"

"看来贺医生这恋爱谈得真是苦心孤诣啊……"吕年年陪着他逗趣。

"所以现在才要把你抓过来跟我一起好好生活，把你那些不良习惯通通改掉。"贺轻昀露出职业性微笑。

"这么大公无私？就没有……别的原因了？"吕年年撑起身子，媚眼如丝。

"吃饭。"贺轻昀目不斜视不动如山。

"好的，贺老干部。"

"你刚刚叫我什么?"对面抬起一双危险的眼睛,吕年年心中一紧,暗道不好。

贺轻昀紧接着就发话了:"那你明天早上和我一起六点起床吧。"

"不要啊啊啊!"吕年年要死了。

公历年尾的一线城市大概是最有人气的时候,一整年的工作要收尾了,开年会的开年会,聚餐的聚餐,辞职的辞职。这是年轻人在农历新年之前最后的一场狂欢。

12月31日,S市保持着冬天一贯的冷,商场却已人满为患。元旦的假期又给了这座城市一次拥挤的理由,虽然只是时钟波澜不惊地往前拨了一格,但仿佛它带走了过去一整年的酸甜苦辣。

人是需要仪式感的动物,所以注定今晚的狂欢是蕴藏着落寞的。

虽说病来如山倒,这种有仪式感的生活向来与医疗、警卫等第一线工作无缘,但中国人总喜欢避讳点什么,这种逢年过节的点能不进医院就不进医院。

因此赶上今午特别闲的元旦,瑞济医院没有值班的人也组了个联谊,说要一起跨年,先吃饭,然后一起唱K玩桌游。

可何玥和徐忘忧早早就飞去琼岛看奶奶了,这样一来吕年年

喜欢你，那么甜

过去也没有相熟的人，而且贺轻昀知道她不是一个喜欢社交场合的人，最终还是给拒绝。

于是两人一起窝在家里柔软的沙发里看书逗猫，到点就一起去超市买菜做饭。

"呜，好冷啊。"一出门吕年就打了个哆嗦，"戴帽帽。"她对贺轻昀说，因为她的手冷得不想拿出来。

贺轻昀一把将她羽绒服的大帽子扣上，显得她整个人都小小的包裹在其中。

"听说今天可能会下雪。"

"真的？"吕年年惊喜出声。南方人不管长到多大，都对雪丝毫没有抵抗之情。

"只是可能。"贺轻昀理性得一点也不可爱，"晚上想吃什么？"

"香辣火锅！"吕年年毫不犹豫，毕竟冬天了就想吃些滚烫的，源源不断冒着热气的东西。

"不可以。"贺轻昀立刻驳回，"你最近嗓子不好，容易扁桃体发炎。"

小猫咪立刻不说话，委屈给贺轻昀看。

贺轻昀只能退一步，叹气道："那日式寿喜锅怎么样？"

"可以，嘿嘿嘿。"

吕年年真的很好满足。

说话间，两人已经进入超市，他们推了一个超大的购物车，吕年年虽想，又不好意思在大庭广众之下坐进去让贺轻昀推着走。

他们就像世间所有的小情侣一样，挽着胳膊，在一排排的货架旁流连，一个关注包装，一个关注生产日期和配料表。

"味淋有了，寿喜烧酱油也有了，牛油家里还有吧？"吕年年一边对着手机备忘录看一边问贺轻昀。

"嗯。"

"那就只剩昆布高汤了。"他们一路向着调料区前进。

"啊啊啊，清酒也买两瓶吧！"

"你选吧，度数不要太高。"贺轻昀今天意外的纵容呢。

吕年年一被满足就无比兴奋，一起逛超市真是太爽了！冲呀！

"牛肉！牛肉！牛肉！"

"还有大白菜也多买点，可以一起熬底汤，超好喝！"

……

最后为了契合吃寿喜锅的氛围，吕年年拉着贺轻昀盘腿坐在了客厅的毯子上，茶几上的小锅旁摆满了食材，雾白的热气涌满

喜欢你，那么甜

了整个客厅。

"你第一次见我的时候什么感受啊？"吕年年开始追忆以往。

"没有什么特别的感受，那时候你对我来说只是一个合作对象而已。"贺轻昀实话实说。

"合作对象你也那么撩？"吕年年不爽了。

"但你的绘画资料让我耳目一新，所以多关注了你几分。怎么说呢……"贺轻昀沉吟片刻，揶揄道，"真人和作品完全对不上号。"

"哈哈哈哈哈哈哈！"吕年年笑到冒鼻涕泡，"那现在呢？"

贺轻昀打量了她几秒，啧舌说："是可以画出那种漫画的人了。"

"谢谢你不嫌弃我啊！"吕年年拱拱手，一点没放心上，她很开心能在喜欢的人面前完全做自己。

"但第二次见面我就开始喜欢你了。"

"啊？为什么啊？第二次见面什么时候？"吕年年蒙了。

"你给大体老师鞠躬的时候。"贺轻昀看着她，"从那时候开始，我迫切地想要了解你，了解你的每一面。"

"不，其实真要说是无从说起的，喜欢这件事情，往往在你意识到之前就已经开始了。现在想来，你坐在沙发上回过头的第一眼，其实就已经开始了吧。"

"我也是。"吕年年有点娇羞,"你真是长得太对我胃口了。"

边吃边聊的时间过得很慢,但还是一眨眼就到了深夜。墙面挂着的电视机里元旦晚会已经快到尾声,主持人们全部走出来串结束词了。

桌面杯盘狼藉,两人相视一笑。

"这一年快要结束了。"贺轻昀说。

"是啊。"

"但今年也是我人生中最不一样的一年。"

主持人们已经开始倒数了,贺轻昀隔着锅里冒出的热气看着她,与这整座城市的人一起说:"新年快乐。"

窗外不知是谁家还冒着风险点燃了一簇烟花,映照在这一年最后的天空上,也绽放于下一年的第一秒。

"我们结婚吧。"

他不知何时掏出了戒指,素雅的、光洁的,充满了虔诚和期待。在这样一个无比温柔的时刻,只有他们两个人的时刻,也是整座城市呼喊的时刻,他让吕年年再一次视线模糊,笑容折射出可以抵达生命终点的光芒。

"好啊。"她说。

　　寿喜锅里咕嘟咕嘟地翻滚着，散发着食物的香味，热气朦胧，眼神也蒙眬。深蓝色的夜空被整座城市的灯光点亮，不知何时开始慢慢地飘下雪花。

　　沙发上那条围巾终于完全滑落，它压着的那本漫画书俏皮地卷起封面，露出了里面的字——

　　爱情就像是刚盛出的食物，它们冒着汩汩的气泡，永远生机勃发。每个人的气泡都不一样，有的是凉的，有的是热的；有时是甜润的，有时是酸涩的。但只要它是对的，它就是酷暑里的北冰洋，冬日里的寿喜锅。

　　无可抵挡喷涌而出的气泡就像世界上所有无法克制的爱情一样。你，看见了吗？

（完）

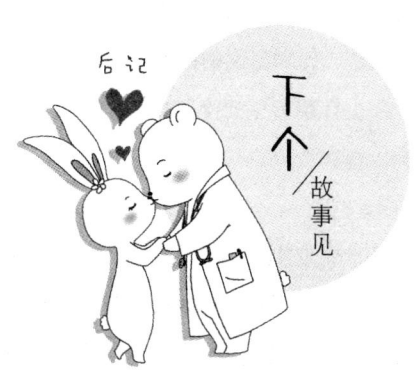

后记 下个故事见

写下最后那个"完"字的时候,是凌晨四点。看着对面楼里孤零零的灯,我的心情是意料之外的平静。

这是我写完的第一本长篇小说,在完成它的过程里我经历了考研、考研失败、找工作、实习、赶毕设。它陪我度过了兵荒马乱的半年。

这篇小说的开始其实完全是缘分,因为所有人物都没有经过深思熟虑的角色设定,写到哪儿算哪儿,很多情节和对话我仿佛只是一个记录者,也不知道是不是所有的故事写到最后都是角色在操纵作者。

但在这个故事里,我放了很多自己的影子在里面。比如他们和我生活在同一所城市,比如里面的很多梗来自我本人(笑)。

我希望这个发生在都市里的爱情故事是细水长流的,是生活化的,是哪天就会出现在身边的。

所以为了尽量具有真实感,我写得非常吹毛求疵。像里面出现的那支钢笔是真的有卖,还有涉及的大部分医学知识,都是我骚扰学医的高中同学得来的(感谢袁同学,感谢曾经借MP4给同学们看柯南和盗笔的自己_(:_)∠)_ 感谢几乎没催过我并且一直给我放水的编辑薇薇)。

原本正文结束后应该还有个番外的,但临近毕业的我焦虑到秃头,实在是写不出什么甜甜的文字了,作为亲妈不如就此打住。

最后希望每个看书的小可爱都能找到自己甜甜的恋爱,我们下个故事见。

By. 阿缺

本书由三师公和二缺委托长沙大鱼文化传媒有限公司正式授权贵州人民出版社,在中国大陆地区独家出版中文简体版本。未经书面同意,本书的任何部分不得以图表、电子、影印、缩拍、录音和其他手段进行复制和转载,违者必究。

大鱼文化 & 小花阅读
面向全国招聘兼职签约作者
长期有效哦！

公司介绍：

大鱼文化是中国一线青春文学图书策划公司，多年来与数十家国内出版社深度合作，每年向市场推出三百余个品种的青春类畅销图书，每年签约推出新人作者近百名。

其中公司子品牌"小花阅读"立足传统纸质出版，引导青年休闲阅读风向，主力打造和发掘新人创作者，采用编辑指导创作模式，创作出适合市场的优质阅读产品。

现面向全国各高校招聘兼职新作者。

我们的工作说明：

还未毕业？有其他正式工作？看清楚了，我们这次招的就是兼职！
从未有过发表史？国内一线青春编辑亲自教你点滴成文！
想要出版一本属于自己的图书？国内一线出版公司专业签约护航！
想要一份收入稳定岁月静好的兼职工作？做做白日梦写写小说最适合不过。

兼职的要求及待遇：

年龄不限，学历不限；爱看小说，想要创作。
每天只要2~3个小时，日过稿只要三千字，宅在室内，风雨不惊，月兼职收入不低于三千元！

我们需求的题材

清新恋爱、青春校园、都市言情、甜宠萌文、古风言情、悬疑推理、奇幻武侠、科幻冒险……

应聘的流程：

1. 上网下载一份标准简历模版，按自己的真实情况填写。
2. 自行构思一个自己最想创作的长篇故事内容，撰写300字内容简介，将故事分为12~20个章节，每个章节用100字以内说明本节讲述的主要情节（内容简介和章节内容加起来不超过2000字）。
3. 将上述内容用WORD文档整理好，格式清楚，一起发送到以下邮箱：dayuxiaohua@sina.com （两周内百分之百回复，如两周内未收到回复则可视为发送途中邮件丢失，可再次投递）。
4. 简历和创作大纲如有合作可能，公司将于两周内派出专业编辑一对一联系，进行下一步沟通，指导创作、签约等流程。如暂时不符合合作条件，则可再次努力。
5. 一经签约，作品将按国家出版规定签订标准出版合同，成为正式出版物，所有程序遵守国家法律法规要求。

其他说明：

了解大鱼文化图书产品风格类型，有助于提高签约成功率。

了解途径：

公司产品广布于全国各大新华书店青春文学专架、全国各大网络书城、淘宝大鱼文化图书专营店及各大天猫书店。
微信公众号"**大鱼文学**"和"**大鱼小花阅读**"均有签约作者作品试读。
关注新浪微博官方号"**大鱼文学**"，有每月产品即时消息发布。

图书在版编目（ＣＩＰ）数据

喜欢你，那么甜 / 三师公和二缺著. -- 贵阳：贵州人民出版社，2020.5
　ISBN 978-7-221-15943-4

Ⅰ. ①喜… Ⅱ. ①三… Ⅲ. ①长篇小说－中国－当代 Ⅳ. ①I247.5

中国版本图书馆CIP数据核字(2020)第017600号

喜欢你，那么甜
三师公和二缺 / 著

出版统筹：	陈继光
选题策划：	大鱼文化
责任编辑：	胡　洋
特约编辑：	娄　薇
装帧设计：	颜小曼　西　楼
封面绘制：	Cain酱
出版发行：	贵州人民出版社（贵阳市观山湖区会展东路SOHO办公区A座　邮编：550081）
印　　刷：	长沙鸿发印务实业有限公司
开　　本：	880×1230毫米 1/32
字　　数：	169千字
印　　张：	9.125
版　　次：	2020年5月第1版
印　　次：	2020年5月第1次印刷
书　　号：	ISBN 978-7-221-15943-4
定　　价：	36.80元

贵州人民出版社微信

版权所有　盗版必究。举报电话：策划部0851-86828640
本书如有印装问题，请与印刷厂联系调换。联系电话：0731-82755298